犬と暮らせば
人妻に当たる

橘 真児
Shinji Tachibana

三交社 文庫

目次

※この作品は艶情文庫のために書き下ろされたものです。

第一章　奥様とおしり合い

1

「待てよ、ポップ」

小暮雅史《こぐれまさし》はリードを手に、したくもない早足を強いられていた。

彼の前を小走りでトコトコと進むのは、愛犬のポップだ。トイプードルとポメラニアンのハーフ犬で、性別はオス。

年は一歳になったばかりである。家族になって、まだ七ヶ月というところ。

いや、家族というか、雅史にとってはポップが唯一の同居人であった。

ポップは散歩好きで、とにかく元気だ。小型犬でも力が強く、雅史はいつも彼に引っ張られる。

仕事が在宅で、運動不足気味の身には、むしろ好都合と言えた。散歩が日課になってから、体重が三キロも減ったのだから。

ここは東京の西部、北多摩地区の閑静な住宅街である。家族世帯が多い文教地区で、高齢者以外は仕事や学校だろうから、昼間の人通りは多くない。

よって、犬の散歩にもいい環境と言える。ひとや車の往来を邪魔することも、邪魔されることもないからだ。

それでも、散歩の時間帯によっては、買い物途中の主婦や高齢者、学校帰りの子供たちなどと遭遇する。また、同じように犬を散歩させる飼い主とも。

そんなとき、ポップはよく可愛《かわい》いねと声をかけられる。

トイプードルとポメラニアンのいいとこ取りで、顔の輪郭は程よく丸っこい。目はくりっとして大きく、ビー玉みたいだ。

耳はポメラニアン風の三角形だが、けっこう大きい。それがピンと立ったり片側だけ閉じたりと、表情豊かである。

オレンジ色の体毛は長めで、ほんのりウェーブがかかっている。毛のふさふさした尻尾《しっぽ》はおしりの上でくるっと丸まり、ひとなつっこい性格ゆえ、通りすがりのひとたちにも喜びをあらわに振り立てる。

そういう愛嬌《あいきょう》のあるところも、みんなの目を惹《ひ》くようだ。

一般に飼い主というのは、我が家の犬が最も愛くるしく見えるものらしい。まあ、犬に限らず、他のペットにも言えることだが。

いや、子供だって、ウチの子こそ一番というのが親心だろう。

ともあれ、ポップは他の飼い主にも、可愛いねと目を細められることが多い。よって、彼の愛らしさは本物だと、雅史は思っている。これも親バカ、いや、犬バカなのか。

雅史は厄年を過ぎた四十三歳だ。３ＬＤＫの持ち家に犬と暮らす、いい年をした独身男。

正直、世間的な体裁はよろしくない。そんなこと、誰《だれ》よりも雅史自身がよくわかっていた。

しかし、ここに至るには本人曰《いわ》く、涙無しには語れない、悲しい顚末《てんまつ》があったのだ。

雅史はライターである。煙草《たばこ》に火を点《つ》けるあれではなく、物書きのほうだ。

もともと出版社に勤めており、編集の傍ら自分でもコラムなどを執筆していたが、三十路《みそじ》を過ぎて脱サラした。マイナーな事柄や人物を面白おかしく紹介するエッセイが好評で、本にまとめたところベストセラーになったのがきっかけだった。

その後も、複数のペンネームを使い分けて仕事の幅を広げ、幸いなことに筆一本で飯が食えている。

妻となる女性と出会った場所は、編集者との打ち合わせのあとに案内されたスナックである。繁華街の端っこに位置する、古くからありそうな店だった。

彼女はそこのホステスであった。年はひと回り下で、そのときは二十代の後半ながら、もっと若く見えた。

店は庶民的な価格設定で居心地がよく、雅史は気に入って頻繁に通った。そうして顔馴染《なじ》みになった彼女が明るい性格で、愛嬌のある顔立ちもタイプだったから、酔いに任せて口説いたのである。

結果、出会ってから三ヶ月で深い関係になり、ちょうど一年後に入籍した。雅史は四十歳目前であった。

結婚後も、彼女は夜の仕事を続けた。長らく勤めたから愛着があり、性に合っているから辞めたくないと言ったのだ。

酔客に口説かれるのではないかと心配だったが、愛しているのはあなただけよと言われたら、束縛などできない。まあいいかと許した。

雅史は生活が不規則だったため、夕方から深夜まで家を空ける妻とは、すれ違いが多かった。ふたりで外出することも少なく、新婚の甘い雰囲気はなかったけれど、それなりに幸せだった。

　結婚して間もなく二年になろうというとき、マイホームをせがんだのは妻のほうである。三十歳になる前に夜の仕事を辞め、専業主婦になりたいし、子供が欲しいとも彼女は言った。

　もちろん雅史は大賛成であった。結婚した以上、子供のいる幸せな家庭を築きたいと思っていたのだ。

　かくして彼女の希望通りに、環境のいい文教地区に建売を購入。先の保証のない仕事で、長いローンを組むのは正直不安もあった。しかし、愛する妻と、いずれ生まれてくる我が子のために頑張ろうと、決意を新たにした。

　ところが、新居に引っ越して二ヶ月も経たないうちに、妻から突然離婚を切り出されたのである。他に好きな男がいて、お腹には彼の赤ちゃんがいるという衝撃の告白付きで。そいつとはかなり前から関係を持っていたらしい。

　そのあと彼女とどんな話をしたのか、雅史はよく憶《おぼ》えていない。いきなりの上にショックが大きすぎて、脳がパニック状態だったようだ。

　とにかく、他の男の子供まで作られたら、引き留めるのは不可能だ。最後はどうでもいいと自暴自棄になり、離婚届に判を押した。

二年余りの短い結婚生活を終え、独りになったのは昨年のことである。残されたのは、他に誰もいないマイホームと、まだ三十年以上払わねばならぬローンのみ。さすがにこんな悲劇は、エッセイのネタにもできなかった。

いくら落ち込んでいても、仕事はこなさなければならない。いや、悲しみや後悔といった様々な負の感情から逃れるために、雅史はかつてなく多量の仕事をこなした。

そうして、どうにかこうにか立ち直りかけたとき、不意に思い立ったのである。ペットを飼おうと。

独り住まいの寂しさや、裏切られたショックを紛らわせたかったのは確かである。また、たまたま目にしたテレビ番組で、子犬や子猫の愛らしい姿に癒《い》やされたのも、ひとつのきっかけであった。ペットを飼えばエッセイのネタになるのではないかと、打算的なことも考えた。

しかしながら、雅史は四十代のいい大人である。一時の感情にまかせて、命あるものを無責任に手に入れるなんて許されない。そのぐらいの常識と判断力は持ち合わせていた。

だからこそ熟考し、しっかり面倒を見るんだぞと自らに言い聞かせたのちに、一番近いペットショップへ向かったのである。

そこは街道沿いの、割合に大きな店であった。全国展開するチェーン店で、ショップが経営する動物病院もあるという。アフターケアも万全だし、飼うために必要なものもすべて揃《そろ》いそうだったから、そこを選んだのだ。

行ってみれば、子犬や子猫を中心に、ペットの数も充実していた。

そのときは、犬にするか猫にするか、まだ決めていなかった。だが、陳列ケースの愛くるしい姿に目を奪われながら、やっぱり犬だなと思った。猫はクールで、人間に甘える印象がない。気まぐれで、ぷいっと勝手に出ていきそうな気がした。

それこそ、別れた妻のように。

嫌なことを思い出しかけて、急いで打ち消す。よし、犬にしようと決心したものの、もうひとつのハードルがあった。

彼らの価格である。

チェーン店のペットショップだけあって、扱っているのは名前の知られた犬種ばかり。それゆえ、三十万、四十万といった高額が当たり前だったのだ。

独り暮らしで仕事も順調だから、ローンこそたんまり残っていても貯えぐらいある。買えない値段ではないものの、やはり先の見通しがない職業柄、高い買い物には躊躇《ちゅうちょ》してしまう。

やっぱり考え直そうかと尻込《しりご》みしかけたとき、フロアに置かれたケージの子犬が目に入った。ガラスの陳列棚にいる子たちよりも、若干大きい。

それがポップであった。

彼は後ろ足で立ちあがり、ケージの金網に摑《つか》まるようにして、ぴょんぴょんと何度もジャンプした。まるで、遊んでとせがむみたいに。

――なんて、可愛いんだ！

フレンドリーなしぐさもさることながら、表示されていた価格も雅史の関心を惹いた。他の子犬の半額以下だったのだ。最初の値段から、何度か値引きされたようである。

どうやら売れ残って安くなったらしい。他は生後二、三ヶ月だったのに、その子はすでに五ヶ月近かった。

可愛いし、ひとなつっこそうなのに、どうして売れなかったのか不思議だった。おそらくタイミングが合わずに購入されないまま、時間が経ってしまったのではなかろうか。

抱っこさせてもらうと、顔をペロペロと舐《な》めてくる。いかにも甘えっ子のようで、大きな目で見つめられると、手放したくなくなった。

もはやその子にメロメロであった。

最終的に価格が決め手となり、雅史は彼を選んだ。ケージやトイレ、その他必要なものを揃えたらかなりの出費になったが、少しも後悔しなかった。

なぜなら、最高の家族を手に入れたからである。

ポメラニアンとトイプードルのハーフだからポップと名付け、雅史は猫かわいがりに可愛がった。犬なのに。

最初に与えていた餌《えさ》を食べなくなると、どれなら食べるだろうかとあれこれ試した。おやつも信頼できるいいものを与えるなど、出費を惜しまなかった。

飼い始めて三ヶ月が過ぎた頃、去勢手術を行なった。子供が作れなくなるのは可哀想《かわいそう》だと思ったが、ストレスの軽減や、生殖器に関する病気のリスクがなくなるなど利点を考慮して決めた。

無事に手術を終えて帰宅したポップは、傷口を舐めさせないために、首にラッパみたいなカラーを装着していた。妙に痛々しく、悲しげでもあった。ハーフ犬がニューハーフ犬になっちゃったなと、雅史が慰めるでもなく言うと、気まずそうに目を逸《そ》らした。

それでも、抜糸して傷が癒える頃には元気になった。

人間が好きで、誰にでも尻尾を振るから番犬にはならない。まあ、室内飼いだから、もともとそんな役目は期待していなかった。また、クッションの上でオシッコをするなど、困らされることもあった。

けれど、今やポップは、雅史にとってなくてはならない存在だ。彼のいない生活など考えられないぐらいに。

とは言え、このままひとりと一匹だけの生活を続けるつもりはない。離婚後は軽い女性不信に陥ったが、今度こそ幸せな家庭を築きたい。彼は未来への希望を新たにしていたのである。

2

ポップの散歩ルートは、特に決まっているわけではない。一時間は歩かないと満足しないから、近所を当てもなく歩き回るのが常だった。家から半径五百メートル以内の通りは、ほぼすべて網羅したのではないか。

おかげで、それまでほとんど知らなかった近場のこと、どこにどんな店があるのかもわかった。畑や空き地だったところに次々と新しい家が建てられるなど、町内の変化も目の当たりにした。

また、同じように犬を散歩させる、ご近所さんとも顔見知りになった。

ポップとの街歩きを始めてから、実は密《ひそ》かに期待していたことがあった。愛犬家の魅力的な女性と知り合い、仲良くなれたらいいなと。

しかし、日中という時間帯のせいもあるのか、犬を連れているのは高齢者ばかり。世代の近い女性がいても、明らかに奥様たちだった。

ひとときのアバンチュールを求めるのであれば、相手に夫がいようが恋人がいようがかまわない。けれど、雅史はそんな刹那《せつな》の関係を望んでいなかった。

何しろ、自身も妻に裏切られた身なのだ。いくら他人でも、同じような目に遭わせるのは心苦しい。

ところが、そんな道徳心を打ち砕く出会いがあった。

（え？）

その日、雅史が思わず立ち止まったのは、近所にある神社のそばだった。前方の道路脇《わき》に、しゃがんだ女性がいたのである。

それだけなら、べつに珍しい光景ではない。彼女の陰に小型犬が見えたから、糞《ふん》の始末か、水でもあげているのだろう。

目を惹かれたところは、こちらに背中を向けた彼女の、ジーンズに包まれたたわわなヒップだった。

硬い布がはち切れそうな丸みは、整った綺麗《きれい》なかたちをしている。見るからにどっしりと重たげだ。

清潔そうな白いシャツは丈が短く、背中の下側が覗《のぞ》いている。ジーンズも穿《は》き込みが浅いようで、桃色下着のウエスト部分が見えた。

（なんてセクシーなんだ！）

ほんのおとなしいチラリズムなのに、胸が高鳴るほどの劣情がこみ上げる。ここまで見事なおしりを目にしたのは初めてだった。

あるいは、ご近所の路上という日常空間だからこそ、いっそうエロチックに感じられたのかもしれない。あからさまなヌードより、電車で向かいに坐《すわ》った女性の、パンチラにドキドキさせられるのと一緒で。

道端の着衣尻に、雅史はすっかり魅入られた。リードを握る手が緩んでしまうほどに。

その機を狙《ねら》っていたかのように、ポップがダッシュする。

「あ――」

気がついたときにはすでに遅く、リードが手を離れていた。

「待て、ポップ」

焦って呼び止めると、ポップではなく女性が振り返った。

(え?)

心臓がバクンと大きな音を立てる。

初めて会うひとだとすぐにわかったのは、淑《しと》やかさの滲《にじ》み出る、麗しい顔立ちだったからだ。

年は三十代の前半であろうか。若々しくも、成熟した色香が感じられる。こんな美人、一度見たら忘れるはずがない。

そして、ポップは真っ直《す》ぐ彼女に向かい、飛びかかってじゃれついた。

(いや、そっちかよ)

雅史はあきれた。すぐそばに、仲間の犬がいるというのに。普通はそちらに関心を示すのではないのか。

（オスだから、やっぱり美人がいいのか？）

納得しかけたものの、そんな場合ではない。

「す、すみません」

雅史は急いで駆け寄り、頭を下げた。後ろ足で立ち、美女に摑まって顔を舐めるポップのリードを摑んで、引き剝《は》がそうとする。

「あら、いいんですよ」

彼女は笑顔を見せ、初対面の犬の頭を撫《な》でる。脇に手を入れて抱き上げ、地面にそっと置いた。

「可愛い子ですね。ポメラニアンかしら？」

「ええと、トイプードルとのハーフです」

「まあ、ミックスちゃんね。ウチの子と同じだわ」

美女の傍らに、小型犬がちょこんと坐っている。ポップよりも小さい。

「ウチはマルチーズとシーズーのミックスなんです」

白い毛に、黒の模様が入ったその子は、実に落ち着いた感じだ。唸《うな》ることもなく、飼い主に飛びついた闖入者《ちんにゅうしゃ》をじっと見ている。ハッハッと舌を出し、息をはずませるポップとは対照的であった。

「おいくつですか？」

立ちあがった美女に訊《たず》ねられ、雅史は直立不動になった。

「はい。四十三歳です」

すると、彼女がちょっと困った顔を見せる。

「ワンちゃんのほうなんですけど」

「あ――」

早合点に気がつき、頰《ほお》が熱く火照《ほて》った。

「えと、一歳になったばかりです」

「だから元気なのね。ウチはもう五歳ですから」

人間で言うと何歳なのかわからないが、大人と子供ほどの差があるのは確実だ。だから落ち着いているのか。

「お名前は？」

今度は間違うことなく、「ポップです」と答える。

「ポップちゃんは男の子ね。ウチのマリーは女の子なんですよ」

抱き上げたときにペニスを見たのだろう。自分が見られたわけでもないのに、雅史はなぜだか恥ずかしくなった。

それはきっと、彼女にますます惹かれたためもあったろう。

（本当に素敵なひとだな……）

初対面なのに警戒することなく、あれこれ話してくれるのは、育ちの良さゆえではなかろうか。言葉遣いにも気品が感じられる。

マリーという犬の名前からしても、家柄が良さそうだ。白いシャツにジーンズというシンプルな装いも洗練されていた。

穏やかな微笑にも、ときめきが止まらない。できればもっと深く知り合いたいと願ったとき、彼女が左手で鬢《びん》を掻《か》き上げた。

（あ――）

雅史は見た。白魚のごとくたおやかな指に、銀の指輪が嵌《は》められているのを。しかも、薬指に。

（……なんだ、結婚してるのか）

気持ちが一気に盛り下がる。すでに他の男のモノになっているなんて。これでは言い寄るなんてできない。

がっかりしたものの、考えてみれば当たり前なのだ。こんな美人を、どうして男が放っておくものか。

そうすると、おしりが充実して色気たっぷりなのは、人妻ゆえなのか。毎晩旦《だん》那《な》に可愛がられているのかと、つい品のない想像をしそうになる。

（こんな素敵な奥さんなら、旦那だってハッスルするに決まってるしな）

彼女の夫よりも先に、自分が知り合いたかったと悔しがる。そうすれば一緒になれたなんて保証はどこにもないのに。

「ご近所にお住まいなんですか？」

訊ねられて、雅史は我に返った。

「ああ、はい。近所というか、××二丁目です」

「そうなんですか。わたしは四丁目なんです」

ここらは二丁目と四丁目の中間あたりだ。雅史は毎日ルートを変えて歩き回っていたし、外に出る時間も決まっていないから、これまで彼女と遭遇しなかったのだろう。

「わたし、東埜《ひがしの》と申します」

先に名乗られて、雅史は恐縮しつつ、

「お、おれは、小暮雅史です」

と、フルネームを告げた。すると、東埜夫人がクスッと笑う。

「あら、ご丁寧にどうも。わたしは圭衣子《けいこ》です。東埜圭衣子」

雅史に合わせて下の名前も教えてくれたばかりか、

「それから、年は三十六歳です」

「え？」

「小暮さんが教えてくださったんですから、わたしも言わないと不公平ですよね」

なんと年齢まで打ち明けたのだ。こちらが勘違いしただけなのに。

「あ、そ、そうなんですか。もっとお若いのかと」

決してお世辞ではなかったのに、しどろもどろになったものだから、圭衣子は真に受けなかったようだ。

「まあ、ありがとうございます」

と、気持ちの入っていない礼を述べる。

「小暮さんは、お散歩のコースは決まってるんですか？」

「いえ、特には。いつも適当に歩き回っていまして」

「じゃあ、わたしといっしょですね。マリーは飽きっぽくて、同じコースを歩くと、怒って坐り込んじゃうんですよ」

飼い主と同じく上品で淑やかに見えたものの、実は我が強いらしい。犬もそれぞれ個性があるのだ。

ともあれ、どちらもコースが定まっていなければ、会えなかったのも当然だ。

「またお目にかかれたらいいですね」

「あ、はい」

「ポップちゃんも、マリーと仲良くなったみたいですし」

「え？」

言われて下を見れば、二匹は鼻面を合わせ、興味深げに嗅《か》ぎ合っていた。犬同士でよくやる挨拶《あいさつ》だ。

「マリーはけっこう人見知りなので、他のワンちゃんが仲良くなりたいって寄ってきても、すぐに尻込みしちゃうんです」

「そうなんですか。ポップは逆ですね。犬でもひとでも、誰彼かまわず寄っていきます」

「フレンドリーなんですね」

「ですから、さっきも東埜さんにじゃれちゃって、申し訳ありませんでした」

「あら、いいんですよ。おかげでご縁ができたんですから」

「そうですね」

ポップが飛びかかる前から、おしりに見とれていたとは言えない。

初対面でも、犬の飼い主という共通点で会話がはずんだ。圭衣子が社交的なおかげもあったろう。

「では、これで失礼します」

「ああ、はい、どうも」

「マリー行くわよ。ポップちゃん、バイバイ」

犬にも手を振り、美女がその場を立ち去る。雅史は長くその場に佇《たたず》み、去りゆく彼女を見送った。

もちろん視線は、魅惑の豊臀《ほうでん》に釘付《くぎづ》けだ。

(綺麗なひとだったなあ)

ひと当たりもよくて優しくて、最高に魅力的だ。あんな女性と知り合えたとは、なんてラッキーなのだろう。

しかしながら、彼女は人妻なのだ。

(くそっ、旦那と別れてくれないかなあ)

そうすれば、晴れてアタックできるのに。

身勝手な望みを抱く雅史は、圭衣子が独り身になれば、自分を好いてくれると思い込んでいた。なぜなら初対面なのに、あれだけ心を許してくれたのだから。

そして、是非また会いたいと願うのであった。

3

その機会は、意外と早くやって来た。

「困るんだよ、こういうのは！」

ポップの散歩中、突如聞こえた怒鳴り声にビクッとなる。

（え、なんだ？）

声がしたほうに足を進め、角を曲がったところで目を見開いた。

（あ、東埜さん――）

前方に、二日前に知り合った麗しの人妻がいた。愛犬のマリーを連れている。

そこにはもうひとりの姿があった。

「犬を散歩させるのなら、飼い主として責任を持つべきだろう。こういう無責任なやつが、世の中を駄目にするんだよ」

圭衣子に罵声《ばせい》を浴びせるのは、七十は超えているであろう高齢男性だ。短髪で痩《や》せぎすの、神経質そうな顔つき。いかにも近所の頑固者というか、いっそクレーマータイプである。

（何かまずいことでもあったのかな？）

ひょっとして、マリーが男に噛《か》みついたのか。

圭衣子は俯《うつむ》き、無言で散歩用のバッグを探っている。何かを探しているが見つからないという様子だ。

そのとき、彼女の足下に茶色いカリントウみたいなものがあることに気がつき、そうかと納得する。

（糞を始末する袋がないんだな）

忘れてきたのか。それとも、大きな声をあげられたものだからパニックになり、見つけられなくなっているのか。

ここは是非とも助けねばと、雅史は急いで彼女のほうに進んだ。

「どうかされましたか？」

クレーマー親爺《おやじ》の存在など無視して、努めて明るく声をかける。こちらを向いた圭衣子が、安堵《あんど》の面持ちを見せた。

「まあ、小暮さん」

名前を口にして、目を潤ませる。救いの神が現れたと思ったのではないか。

「なんだかお困りみたいですけど」

「実は、ウンチを処理する袋を忘れたみたいで……」

「でしたら、これを使ってください」

雅史はバッグから、糞処理専用の袋を出した。

紙袋の内側にポリ袋がついた二重構造で、中に手を入れて紙の側で糞を摑むのだ。そのまま裏返せば、ポリ袋の中に紙に包まれた糞が収納される便利グッズである。紙は水に溶けるタイプだから、あとで中だけをトイレに流せばいい。

「まあ、ありがとうございます」

「困ったときはお互い様ですから。使い方はわかりますか？」

「ええと……」

「ここに手を入れて、ウンチを拾えばいいんです」

使い方を教えるあいだも、雅史はクレーマー親爺に目を向けなかった。ヘタに相手をしたらつけ上がるだけだし、そこにいないものと見なしたのだ。

それが彼をますます不機嫌にさせたらしい。

「だいたい、ひと様も歩く道で、犬にクソや小便をさせるなんてどうかしてるんだよ。手前《てめえ》の家でさせればいいだろうが」

などと難クセをつける。それにも聞こえないフリをした。

圭衣子は糞の処理を終えると、袋を自分のバッグにしまい、丁寧に頭を下げた。

「本当にありがとうございました。助かりました」

「いいえ、お役に立ててよかったです。探し物って、焦ると余計に見つからないじゃないですか。本当はちゃんと持ってらしたんじゃないですか？」

「さあ、どうでしょうか……あっ」

突然、圭衣子が声をあげる。何かを思い出したふうに。

そして、バッグのポケット部分に手を入れ、折り畳んだ小さなレジ袋を取り出した。

「そうでした。散歩に出かける前に、ここに入れたのを忘れてました」

笑顔を見せたあと、気まずげに頭を下げる。

「すみません。お騒がせいたしました」

「いいえ。おれもそういうことがよくあります」

蚊帳《かや》の外に置かれたものだから、クレーマー親爺はいよいよ面白くなくなった

ようだ。あからさまに舌打ちをすると、

「まったく、犬の飼い主ってのは、どいつもこいつも自分勝手なやつばかりだ」

と、雅史もひっくるめて非難する。さらに、カーッと喉《のど》を鳴らし、地面に痰《たん》を吐いて立ち去ろうとした。

「ちょっと、あなた」

雅史は我慢できずに声をかけた。

「あん？」

クレーマー親爺が振り返る。文句があるのかと、挑発的な目をしていた。

普段なら、こういうタイプの人間には関《かか》わらないのである。だが、圭衣子は彼に恫喝《どうかつ》されたせいで、用意したものの存在を忘れてしまったのだ。そのことを反省しないのが許せなかった。

「犬が外で糞をするのは、法律上なんら問題はありません。それを飼い主が処理すればいいだけのことですから」

「だから何だよ？」

「ですが、あなたがした道に痰を吐く行為は、軽犯罪法に抵触します」

「う――」

「それから、こちらの女性をかなり大きな声で怒鳴っていましたが、ああいうのを恫喝というんです。法律云々《うんぬん》はさておいて、道徳的にどうなんでしょうか。近所迷惑でもありますし、住民の方々を不快にさせます。他人を注意するのなら、自身の行動も省みるべきだと思いますけど」

理路整然と述べることで、反論できなくなったらしい。クレーマー親爺は苦虫を噛み潰《つぶ》した顔を見せると、やけに早足で行ってしまった。

「まったく……」

あきれながら向き直ると、圭衣子は不安げな面持ちを浮かべていた。

「あの……だいじょうぶなんですか？」

「え？」

「あんなことを言って、あとで小暮さんが仕返しをされるんじゃ」

雅史が絡まれるのを心配しているようだ。

「平気です。ああいうやつは女性とか子供とか、弱いと見なした相手にだけ威張りくさるんです。現に、おれと東埜さんが話をしているとき、おれに対しては何も言えなかったじゃないですか」

「確かにそうでしたけど……」

「むしろ東埜さんのほうが、また難クセをつけられるんじゃないか心配なんですけど」

「いいえ、わたしはだいじょうぶです。今日はたまたま、ああいうことになっただけですので」

　圭衣子の話では、マリーが糞をして袋を探すのに手間取っていたら、いきなり叱《しか》られたという。最初はそれほど大きな声ではなかったが、彼女が畏縮《いしゅく》して何も言えずにいたら、激昂《げっこう》しだしたそうだ。

「べつに、糞をそのままにして行こうとしたわけじゃないんですよね？」

「もちろんです。急に叱られたせいで、パニックになって」

「なるほど……もしかしたら、あいつは東埜さんを見張っていたのかもしれませんよ」

「え、どういうことですか？」

「今のお話だと、たまたま通りがかって見咎《みとが》めたにしては、タイミングがよすぎます。最初から東埜さんに目をつけて、何かあったら言いがかりをつけるつもりでいたんじゃないですかね」

　この推察に、圭衣子は戸惑いをあらわにした。

「わたし、あの方とは初対面なんですけど」

「さっきも言ったように、ああいう輩《やから》は弱い相手を狙うんです。たまたま東埜さんを見かけて、標的に決めたのかもしれません。あるいは美人を罵《ののし》ることで、優越感にひたろうとしたとか」

「そんな……わたしはべつに」

美人じゃないと謙遜《けんそん》しかけたのを遮り、雅史は注意を促した。

「ですから、おれなんかよりも東埜さんが心配です。あいつがまた狙う可能性がありますから」

「まさか」

怒鳴られたときの恐怖が蘇《よみがえ》ったか、彼女が怯《おび》えた表情を見せる。

「まあ、今ので懲りたでしょうし、素直に引き下がったから、行動を改めるかもしれません」

「だといいんですけど」

「もしも不安でしたら、しばらくこっちの道を通らないようにするか、あるいはおれがお付き合いしますけど」

「そこまで甘えるわけにはいきません。小暮さんだって、お仕事があるんでしょうから」

　時間があるのならお願いしたいような口振りだったから、雅史はすかさず申し出た。

「いや、おれは自由業なので、時間はどうにでもなるんです」

「え、そうなんですか？」

「でなければ、こんな真っ昼間から散歩なんかしませんよ」

　それもそうかと納得した面持ちを見せた圭衣子が、両手をパチンと叩《たた》く。いいことを思いついたというふうに。

「じゃあ、今もお時間はだいじょうぶなんですね」

　一歩前に出られて、雅史は「え、ええ」とうなずいた。

「でしたら、これからお付き合いしていただけますか？」

　唐突なお願いに戸惑ったものの、たった今、散歩に付き合ってもいいと安請け合いしたばかりである。あいつが戻ってくるかもしれないと考え、怖くなったのかもしれない。

　そもそも、こんな美人のお願いを断る唐変木がいるものか。

　人妻だからちょっかいを出してはいけないと、もちろんわかっている。だが、どうせ知り合って仲良くなるのなら、綺麗なひとのほうがいい。一緒に散歩ができたら、楽しい時間が過ごせるだろう。

もちろん、旦那に知られるわけにはいかないが。

「おれでよければ、お付き合いします」

浮かれる内心を包み隠して告げると、圭衣子が嬉《うれ》しそうに口許《くちもと》をほころばせる。年齢を感じさせない笑顔に、雅史はハートを打ち抜かれた。

「よかった。ありがとうございます」

お礼を述べられて胸がはずむ。本当にチャーミングなひとだ。いけないとわかりつつも、惚《ほ》れてしまいそうだった。

4

そのままふたりと二匹で、散歩を続けるものと思っていた。ところが、圭衣子は真っ直ぐ自宅に向かっているらしい。

（こっちは四丁目のほうだよな……）

怖い目に遭ったから、さっさと帰りたいのか。いや、雅史を長く付き合わせては悪いと、気を遣っている可能性もある。

先導するのはマリーで、自宅へ案内するつもりなのか迷いなく進む。ポップはその横を、一緒に橇《そり》でも引くみたいに付き従っていた。

そうなれば、雅史は自然と、人妻の隣を歩くことになる。

「自由業って、どんなお仕事をされているんですか?」

問われるまま、雅史はライターであることを教えた。色々なペンネームで、雑誌やウェブページに書いていることも。

「文章を書いてお金を稼げるなんて、すごいですね。わたし、そういう才能はまったくないから、とっても憧《あこが》れます」

感心されて、照れくさくも誇らしい。そのくせ、どんなものを書いているのかと訊ねられ、色々ですとはぐらかした。読まれたら恥ずかしいからだ。

圭衣子は専業主婦だった。働いたことはないのか訊ねると、

「結婚前に、ちょっとだけお勤めをしました」

とのこと。採用試験を受けての就職ではなく、社会勉強で親戚《しんせき》の会社に雇ってもらったそうだ。

あとは花嫁修業をしていたというから、初対面の印象通り、いいところのお嬢

様かもしれない。

「結婚して何年なんですか？」

「もうすぐ十年です」

今どき、ひとりの稼ぎだけで養えるとは、夫はかなり甲斐性《かいしょう》があると見える。

そのぶん仕事が忙しいようで、

「毎日帰りが遅いし、休みの日でも用事で出かけることが多いんですよ」

圭衣子がやり切れなさそうに話す。犬を飼うことにしたのも、寂しさを紛らわせるためだとまで打ち明けた。

だったら子供を作ればいいと言いかけて、雅史は口をつぐんだ。

そういうのは、昨今ではデリケートな問題として扱われる。夫婦には夫婦の事情があるし、妊活をした挙げ句に諦《あきら》めたのだとすれば、傷口を開くことになりかねない。

「小暮さん、ご結婚は？」

質問され、雅史は「独身です」とだけ答えた。バツイチだと教えたら、妻に逃げられた情けない男だと蔑《さげす》まれる恐れがある。

すると、圭衣子がはにかんだふうに頬を緩めた。

「そうですか」

どことなく嬉しそうに見えたから、雅史は落ち着かなくなった。

（旦那と別れて、おれと結婚したいと思ってるのかも）

いくら稼ぎがよくても、夫婦が一緒にいられないなら無意味だと考えているのか。その点、在宅で仕事をする雅史は、理想のパートナーだとも。

などと、先走ったことを考えていると、

「ここです」

圭衣子が一軒の住宅の前で足を止める。門柱に《東埜》という表札のあるそこは、雅史の家の倍はありそうだった。

（建売じゃなさそうだぞ）

ここらあたりの建売住宅は、広い土地にまとめて建てられたものが多い。雅史のところもそうだが、似た雰囲気の家が何軒か並ぶことになる。

圭衣子の家はそうではなかった。お隣とは規模も、建物の外観も大きく異なる。構えがどっしりして、見るからに注文住宅というふうだ。

「さ、どうぞ」

彼女の言葉に（え？）となる。明らかに招いているのだ。

（じゃあ、付き合ってほしいと言ったのは散歩じゃなくて、家に来てって意味だったのか）

助けてもらったお礼に、お茶でもふるまうつもりなのか。

圭衣子は是が非でもという顔をしているし、無下に断るのは心苦しい。旦那の留守中に上がり込むのはためらわれるが、より親しくなれるチャンスでもあった。

もちろん、変な意味ではなく。

（ここまで来ておきながら帰るのも、かえって失礼な気がするしな）

ならばと、雅史はお言葉に甘えることにした。

「では、お邪魔します」

入ってみれば、玄関から立派で気が引ける。広くて、下足箱も大きい。

「こちらをお使いください」

人妻は犬用の足拭《あしふ》きを渡してくれた。

ポップと一緒に招かれたのは、二間続きのリビングであった。一方はケージが置いてあり、犬用のグッズやオモチャもある。マリー専用の部屋らしい。

（こんな大きな家に夫婦だけだったら、部屋が余ってしょうがないだろうな）

雅史も一部屋をポップ用にしているが、広さは段違いだ。

「じゃあ、ポップちゃんはマリーと遊んでいてね」

圭衣子がそう言ったので、雅史はポップをそちらの部屋に放した。二匹は特に遊ぶということもなく床に伏せ、ひそひそ話でもするみたいに顔を寄せている。意気投合しているのは確からしい。

（マリーちゃんを襲うんじゃないぞ、ポップ）

去勢しているから孕《はら》ませる心配はないが、箱入り娘の純血を奪ったら申し訳ない。まあ、犬の四歳が娘と言っていい年なのかは微妙だけれど。

もっとも、二匹は年の差がある。人間に喩《たと》えれば、十代の若者を熟れ頃のお姉様が誘惑するといった構図なのか。

などと、ソファーに腰かけてくだらないことを考えていると、しばらく部屋を空けていた圭衣子が戻ってくる。両手で持ったトレイにはカップがふたつ載っており、漂ってくるのは紅茶のいい香りだった。

（やっぱり上流階級だな）

こういうとき、庶民の家はコーヒーで、名家は紅茶だよなと、さしたる根拠もなく思う。あくまでも雅史の印象というか、いっそ偏見であった。

紅茶の他には、クッキーの盛られたお皿もあった。

「どうぞ召し上がってください。何もありませんけど」

「すみません。いただきます」

恐縮した雅史であったが、坐っていた三人掛けソファーの隣に、圭衣子が躊躇なく腰をおろしたものだからドキッとする。しかも、ぴったり寄り添うほどの距離で。

（わ――――）

思わず足を踏ん張ったのは、からだが彼女のほうに傾きかけたからだ。クッションが柔らかく、人妻のヒップが深く沈んだのである。

おかげで、初めて会ったときにたわわな丸みに目を奪われたことを思い出し、ますます落ち着かなくなる。

（妙なことを考えるなよ）

平静を取り戻すべく、紅茶のカップを手に取る。葉っぱの種類などわからないが、いかにも高貴な香りを吸い込み、熱い液体をすすった。

「ふう」

ひと息ついて、どうにか鼓動がおとなしくなる。ところが、

「どうかされたんですか？」

　圭衣子に首をかしげられ、またも動揺した。

「え、ど、どうかって？」

「何だか緊張されているみたいですけど」

　心の内を見透かされ、雅史は「ああ、えと」と目を泳がせた。間近にいる彼女の顔が、とても見られなかった。

「そりゃ、こんな綺麗なひとといっしょにいたら、緊張もしますよ」

　つい本音を言ってしまい、まずかったかなと後悔する。彼女がそれに対して何も言わず、黙りこくってしまったからだ。

　気まずい雰囲気の中、カップに口をつけたまま動けずにいると、

「……本当ですか？」

　圭衣子がぽつりと問いかけてきた。

「え？」

「わたしが綺麗だって」

　ほとんど反射的に彼女のほうを向くと、潤んだ瞳《ひとみ》が見つめてくる。

　息苦しさを覚えつつ、雅史は「本当です」とうなずいた。手が震えたので、カップをソーサーに戻す。

「初めてお会いしたときから、魅力的な方だと思っていました」

正直に話すなり、頬が熱くなる。これではプロポーズみたいではないか。

ところが、

「どこが魅力的だと思ったんですか？」

質問を重ねられて絶句する。

（まさか、あれに気がついていたのか？）

雅史がおしりに見とれていたとわかって、わざとそんなことを訊《き》いたのではないか。事実、探るような眼差《まなざ》しをこちらに向けている。

当然ながら、本当のことを言えるわけがない。

「ねえ、正直におっしゃって。わたしのどこに惹かれたのか」

嘘《うそ》は通用しませんと言いたげな、確信に満ちた目。すべてを見透かされているようで、とても誤魔化《ごまか》せそうになかった。

（うう、まずい）

追い詰められ、雅史は為《な》す術《すべ》を失った。どうすればいいのかと焦《じ》れて、人妻の真っ直ぐな視線にも耐えられなくなる。

（ええい、もう）

どうにでもなれと自棄《やけ》を起こし、捨て鉢な行動に出る。圭衣子をいきなり抱きしめて、唇を奪ったのだ。

「むぅ」

柔らかなボディが強《こわ》ばる。抗《あらが》ってはね除《の》けられるものと、雅史は覚悟していた。そうすればこの場を立ち去ることになり、恥ずかしい告白をしないで済む。

但《ただ》し、二度と彼女とは顔を合わせられないだろう。

ふっくらした唇が温かな息をこぼす。柔らかさとかぐわしさにうっとりし、拒まれるのを待っていたところ、

（あれ？）

雅史は戸惑った。圭衣子がくちづけから逃げなかったのだ。

おまけに、手が背中に回され、怖《お》ず怖《お》ずとだが撫でてくれる。

どういうことなのか、さっぱりわからない。雅史は軽いパニックに陥った。それこそ、クレーマー親爺に怒鳴られて冷静さを失ったときの圭衣子のように、何もできなくなったのである。

だいぶ時間が経ってから、彼女のほうから唇を遠ざける。真正面から見つめられ、思わず息を呑《の》んだのは、これまでになく色っぽい眼差しに吸い込まれそうだ

ったからだ。

「……どうしてキスしたんですか？」

この問いかけには、すぐに答えることができた。

「ひがし――圭衣子さんが魅力的だからです。どこがっていうことじゃなくて、圭衣子さんのすべてが」

「本当に？」

「はい」

きっぱり肯定しながらも、雅史はまずいことになったと後悔した。

（おい、このひとは人妻なんだぞ）

口説くなんて許されないと、わかっていたはず。追い詰められたためとは言え、まずい展開だ。

もっとも、彼女は少しもまずいと思っていないらしい。

「……うれしいです」

歓迎する言葉が唇からこぼれ、雅史は戸惑った。

「け、圭衣子さん」

「わたし、もうずっと、魅力的だなんて言われたことがなかったんです。ううん。

それ以外の褒め言葉も全然」

「だけど、旦那さんが――」

「夫はもう、わたしのことを女として見てくれないんです。家政婦か、いっそ母親だと思っているみたいで」

悲しげに目を伏せたから、本当にそうらしい。

外で働いていれば、男に声をかけられることもあるだろう。しかし、圭衣子は専業主婦だ。彼女が人妻だと知っている、近所の人間としか交流がなければ、口説く者はいまい。

いや、仮にそうしたい気持ちがあっても、美貌《びぼう》や気品に臆《おく》して、腰が引けてしまうのではないか。

（圭衣子さん、旦那さんにかまってもらえなくて、寂しいんだな）

夫がしっかり愛してくれれば、他の男に魅力的だなんて言われても、軽く受け流すはず。仕事が忙しいばかりでなく、女としても見てくれなくなれば、切なくもなろう。

そのため、知り合って間もない男にキスをされただけで、よろめいたのではないか。

（だったら、このまま進めてもいいんじゃないか？）

これからどうすべきかを、雅史は素早く考えた。

圭衣子は愛されることを望んでいるようだし、キス以上の行為も許してくれそうだ。もちろん、雅史だって彼女を抱きたい。

その望みが叶《かな》ったとて、関係がこの場限りで終わるのか、今後も続くのかはわからない。ただ、ふたりとも大人なのだ。互いに相手を求めている以上、ひとときの快楽に溺《おぼ》れてもかまうまい。

人妻には手を出すなと、あれほど自らを戒めたのに、あっさり禁を破ろうとしている。こんな素敵な奥さんを寂しがらせる、夫に反発心が募ったからだ。

おかげで、罪悪感を抱かずに済む。では、もう一度くちづけをと思ったとき、下半身に甘美な衝撃があった。

「あうう」

抑えようもなく呻《うめ》きがこぼれ、腰がわななく。いったい何が起こったのか、すぐにはわからなかった。

「まあ、本当に」

圭衣子が満足げに目を細めたことで、彼女が何をしたのか理解する。牡《おす》のシンボルを、ズボンの上から握ったのだ。

それにより、自身が勃起《ぼっき》していたことに、雅史はようやく気がついた。

麗しの人妻と寄り添い、気持ちが昂《たかぶ》っていたのは間違いない。キスをして全身が熱くなったし、そのときに海綿体が充血したのだろう。

ともあれ、圭衣子が欲望反応を喜んでいるのは、表情からも窺《うかが》えた。

「わたしに魅力を感じてくださったから、こんなになったんですね」

性的な興味を持たれたことが嬉しいようである。もしかしたら彼女が迫っても、夫はエレクトしないのではないか。

雅史のそこは、揉《も》むように刺激されることで、いっそう猛々《たけだけ》しくなった。

「すごいわ……こんなに」

うっとりした面差しは、女の艶気をあからさまにする。だったら自分もという気になり、雅史は再び唇を重ねた。

「んふぅ」

圭衣子が小鼻をふくらませて歓迎する。抱きしめて舌を差し入れると、彼女のほうも舌と唾液《だえき》を与えてくれた。

（おれ、圭衣子さんとキスしてる──）

最初のくちづけよりも、感動が著しい。

そのとき、雅史の脳裏に浮かんだのは、路上で見初めた極上のヒップだった。ひと目惚れと言っていい出会いから、それほど時間をかけることなく、ここまでの関係になれるなんて。

（おれたちは、最初からこうなる運命だったのかもしれない）

などと、柄にもなく甘い感傷にひたる。

そのくせ劣情にもまみれ、背中に回した手を下降させたのである。欲してやまなかった魅惑の丸みを目指して。

圭衣子の手は、牡の高まりを握ったままだ。だったら自分もと、欲望に忠実になれたところもあった。

「ん――――」

ヒップを鷲摑《わしづか》みにすると、重なった唇の隙間《すきま》から喘《あえ》ぎがこぼれる。彼女は今日もジーンズを穿いており、硬い布に包まれているため、あまり弾力が感じられない。

そのため、強めに指を喰《く》い込ませていると、圭衣子がそっと離れた。

「……そんなにおしりが好きなんですか？」

掠《かす》れ声の問いかけにドキッとする。

「あ、いや」

「最初にお会いしたときも、わたしのおしりを見てませんでした？」

やっぱり気がついていたのかと、頬が熱くなる。さっき、どこが魅力なのかを訊ねたのも、そのことを確認するためだったのか。

まあ、ここまで親密になれたのだ。今さら隠すことはない。

「すみません。とても魅力的で、目が離せなくなったものですから」

素直に認めると、彼女が困惑げに眉根《まゆね》を寄せた。

「魅力的って、ただ大きいだけですよ」

本人はおしりがチャームポイントだと捉《とら》えていない様子だ。むしろ、大きいことがコンプレックスのようである。

ならば、是非とも素晴らしさに気づかせてあげたい。

「ちょっとお願いしてもいいですか」

「え？」

「四つん這《ば》いになってください」

唐突な要請に、三十六歳の人妻は首をかしげつつも従った。ソファーに両膝《りょうひざ》と両肘《りょうひじ》をつき、雅史のほうにヒップを差し出す。

（ああ……）

熟女の色香が満々と湛《たた》えられた球体に、胸の中で感嘆の声をあげる。神社近くの道端で、目撃するなり心を奪われたものが、すぐ目の前にあるのだ。

「もう」

圭衣子がもどかしげに腰をくねらせる。いくら着衣のままでも、おしりをまともに観察されたら、さすがに恥ずかしいであろう。

もちろん、これだけで終わらせるつもりはない。

「脱がせてもいいですか？」

震える声で了解を求めると、熟れ腰がビクッとわななく。迷うように左右に振られたあと、彼女が手を下半身に移動させた。ジーンズの前を開いてくれたのがわかった。

「どうぞ」

許しの言葉に恥じらいが感じられる。肉体を交わす決心がついていたとしても、こんな格好で肌をあらわにするのは想定外に決まっている。

それでも、男の望みを叶えるために、羞恥《しゅうち》と戦っているのだ。

（なんていいひとなんだろう）

感激しつつも欲望が先に立ち、雅史はジーンズに指をかけた。いきなりすべて脱がすわけにはいかないと、外側だけを慎重に剝《む》き下ろす。

中から現れたのは、光沢のある紺色のパンティだった。

アウターに響かないよう、裾《すそ》がレースになった実用的なデザインは、エレガントな印象も与える。とは言え、穿いているのは美しい人妻だ。しかも、小さな下着に収まりきらないお肉が、大胆にはみ出しているのである。

（これはセクシーすぎる）

いや、いっそ煽情《せんじょう》的だ。ブリーフの中で男のシンボルが、勢いづいて脈打つほどに。

肉厚な太腿《ふともも》に逆らいつつ、ジーンズを膝まで下ろす。ほのかに漂う甘ったるい女くささに鼻を蠢《うごめ》かせ、雅史は薄布が張りついた豊臀に、両手を添えるようにして触れた。

「ああん」

ほんの軽いタッチだったのに、圭衣子が艶《つや》っぽい声をこぼす。恥ずかしさのあまり、感覚が研ぎ澄まされていたのか。

（ああ、素敵だ）

雅史はうっとりして、極上の手ざわりを堪能《たんのう》した。

パンティの素材は化学繊維っぽく、表面がなめらかですべすべだ。それがお肉の柔らかさをいっそう引き立て、巨大なマシュマロを思わせる。

弾力はと言えば、搗《つ》き立ての餅《もち》のよう。力強さがあり、指先に力を込めて感触を愉《たの》しんでいると、

「もう、エッチ」

圭衣子が身をくねらせてなじる。臀部だけを弄《もてあそ》ばれ、切なさが募っているのではないか。

「本当に素敵です。圭衣子さんのおしりは」

「バカ……小暮さんって、おしりフェチなの？」

「そんなことないです」

否定してから気がつく。ここまで女性のヒップに惹かれたのが、初めてだということに。

（そうだよ、圭衣子さんが教えてくれたんだ。おしりがこんなにも魅力的で、素晴らしいってことを）

　そのとき、雅史は発見した。秘苑に喰い込むクロッチに、いびつなかたちの濡《ぬ》れジミが浮かんでいるのを。

（もう濡れてるのか）

　ぬるい秘臭が色濃く漂う。熟れすぎた果実みたいに甘酸っぱい。

　それをもっと嗅ぎたくて、パンティに指をかける。

「脱がせます」

　声をかけ、返事を待つことなく引き剥がす。桃の皮を剥いたみたいに、薄物はするすると太腿を下った。

「いやぁ」

　嘆いた圭衣子が顔を伏せる。恥ずかしいところが晒《さら》されたとわかったのだ。

　それによって尻が高く掲げられ、陰部も大胆に開かれる。

　ふわ――。

　濃厚な乳酪臭が鼻腔《びこう》に流れ込む。雅史は悩ましさを覚えつつ、人妻の下半身に目を奪われた。

（これが圭衣子さんの……）

　まずはあらわになった双丘の、美麗なフォルムに感動する。ふっくらと焼きあがったパンみたいに美味《おい》しそうだ。くすみのない美肌に残る下着の縫い目跡も、やけにエロチックである。

その中心、ぷっくりと盛りあがった女陰部の、縮れ毛に囲まれた裂け目から、肉厚の花びらがはみ出す。狭間《はざま》には、透明な蜜《みつ》が溜《た》まっていた。

尻肉の谷間、色素が沈着した底の部分にあるのは、放射状のシワが整ったツボミだ。排泄《はいせつ》口とは思えない可憐《かれん》な佇まいも、雅史をときめかせた。

だが、目だけで愉しむのはもの足りない。五感のすべてで羞恥帯を堪能したくなった。

雅史は鼻面を臀裂に突っ込み、熟れ尻と完全密着した。ぷにっとした反発を受け止めたのと同時に、

「キャッ」

小さな悲鳴が聞こえる。

（おお、すごい）

よりくっきりした淫香に、雅史は反射的に息を深く吸った。

それは熟成された汗に、クセのあるチーズの匂《にお》いをミックスしたものだ。ケモノっぽいフレグランスが、脳をガツンと刺激する。

「ちょ、ちょっと、ダメ――」

抗って逃げようとする豊臀をがっちりと摑み、雅史はアヌス周りも嗅いだ。もっと恥ずかしい臭気が暴けないかと。

残念ながら、そこらは汗の香りが強いだけ。究極のプライバシーまでは明らかにできなかった。

もっとも、尻の穴まで嗅がれたことに、圭衣子は気がつかなかったようだ。

「ダメダメ、そこ、汚れてるの。ああん、くさいのよぉ」

自身の秘部がどんな匂いを放っているのか、彼女もわかっているのだ。だが、その荒っぽい生々しさが牡を昂らせるとは知らないらしい。

事実、この上ない劣情にまみれ、分身が限界まで膨張する。恥芯《ちしん》に口をつけることにも、ためらいなど感じなかった。

「あひぃッ」

舌が恥割れを抉《えぐ》ると、鋭い声がほとばしる。大臀筋が強ばり、閉じた谷が鼻面を強く挟み込んだ。

そんな反応も、雅史を調子づかせた。

（ああ、感じてる）

勝手に判断して、舌を躍らせる。粘っこい蜜を絡め取り、ピチャピチャと音が立つほどにねぶった。

ラブジュースは甘かった。いや、甘く感じられた。離婚して以来、女体に触れることが久しくなかったため、やけに美味しかったのだ。

ブランクがあったぶん熱が入り、女体を遠慮なく攻める。

「あ、あ、イヤぁ」

忌避の言葉を吐きつつも、圭衣子は成熟した腰回りをビクビクと震わせた。かなり感度が良さそうで、女芯もせわしなくすぼまる。

「そ、そんなにしないで……そこ、キタナイのぉ」

甘露な蜜に舌鼓を打つ雅史は、少しも汚いなんて思っていない。嫌悪感どころか好感を抱き、もっと歓ばせるべく敏感なところを狙う。

「はひっ」

小さな真珠が隠れているフードを舌先でほじると、裸の下半身がガクンとはずむ。抵抗する意志が薄らいだようだ。

「うう、バカぁ」

なじりながらも、圭衣子はされるがままだった。さんざん舐め回されて、羞恥帯にこびりついていた味と匂いがなくなる頃には、息づかいがハァハァとせわしなくなった。

「あふ、ううう、そ、そこぉ」

すすり泣き交じりの艶声に煽《あお》られ、いっそうねちっこく口淫奉仕に励む。包皮を脱いだクリトリスをついばむように吸い、蜜穴に舌を差し挿《い》れた。

「おおぅ」

太い喘ぎ声がこぼれ、柔肌のわななきが顕著になる。膣《ちつ》を攻めたほうが、からだのより深いところで感じるようである。

ならばと、舌をクチュクチュと気ぜわしく出し挿れさせた。

「あ、あ、あっ、ダメダメ」

圭衣子が乱れる。尻を高く掲げたポーズで息づかいを荒くし、急速に上昇するのが見て取れた。

（よし、このまま——）

頂上へ導くべく、舌ピストンの速度を上げる。クリトリスには指を添え、細かく振動させた。

「イヤイヤイヤ、か、感じるぅ」

よがり声がひときわ大きくなる。溢《あふ》れる蜜も量を増し、甘みが増した。

(もうすぐだぞ)

舌と指の連動を途切れさせることなく、快楽奉仕に精を出す。鼻の頭が秘肛に当たっており、そこが間断なく収縮するのがわかった。

間もなく、

「あ、イク」

呻くように告げたあと、わななきが熟れボディ全体に広がった。

「イクッ、イクッ、いやぁああ、い、イクぅっ!」

尻の筋肉がぎゅんと強ばる。「うっ、う」と苦しげな呻きを洩《も》らしたあと、圭衣子は崩れるように脱力した。

「ふは――」

掲げていたヒップを落とし、ソファーから落ちそうになる。

(おっと)

雅史は彼女を支えた。自分は床に下りると、からだを伸ばすのを手伝う。

「はぁ、はふ……ハァ」

俯《うつぶ》せになった人妻が、気怠《けだる》げな呼吸を繰り返す。たわわな臀部が綺麗な丸みを保ったまま上下した。

そんな光景も、牡の欲情を煽る。ズボン越しに握られただけで、こちらは快感を与えられていないのだ。

（挿れたい——）

猛るモノを摑み出し、濡れた女陰に突き立てたい。それではレイプと変わりなく、胸を衝《つ》きあげる欲求と、雅史は戦わねばならなかった。

5

オルガスムス後の虚脱感から、圭衣子はなかなか抜け出せないらしかった。雅史が待ちきれずにジーンズとパンティを爪先《つまさき》から抜き取るあいだも、同じ姿勢で動かずにいた。

（旦那さんとずっとしてなかったみたいだし、久しぶりで感じすぎたのかな？）

だが、そこまで歓ばせられたのなら、男冥利《おとこみょうり》に尽きるというもの。

次は自分もという思いがあったから、雅史も同じく下半身すっぽんぽんになった。彼女の目がこちらに向いていないのを確認し、テーブルの下にあったウエットティッシュで股間《こかん》を丁寧に拭《ぬぐ》う。フェラチオをされるかもしれないし、いちおうのエチケットとして。

そこまでしても、圭衣子がぐったりしたままだったから、待ちきれずに悪戯《いたずら》をする。ふっくらした盛りあがりのおしりを撫で、頬ずりもした。

（ああ、素敵だ）

赤ちゃんのほっぺたみたいにスベスベで柔らか。愛《いと》しさがふくれあがり、何度もキスを浴びせる。

「ンう……」

圭衣子が呻き、丸みをプルッと震わせる。雅史がしつこく尻肉を揉み撫でたばかりか、割れ目を広げて覗き込んだものだから、さすがに黙っていられなくなったようだ。

「ちょっと、何してるのよ」

身を起こし、おしりを庇《かば》うように坐るなり、睨《にら》んでくる。

「ええと、なかなか起きなかったから」

「だからって、おしりばっかりイタズラして……やっぱりおしりフェチなんじゃないの？」

「違いますよ。圭衣子さんのおしりが、それだけ素晴らしいんです。おれは今まで、おしりにここまで執着したことはありません」

事実を口にしても、彼女は《本当かしら？》と言いたげに、疑いの目を向けてくる。だが、すでに雅史が下半身をあらわにしていることに気がつくと、「まあ」と目を瞠《みは》った。

「いつの間に脱いでたの？」

丁寧だった言葉遣いが、すっかりくだけたものになっている。それは親しみの現れだから、むしろ嬉しい。

「いや、おれも脱がないと、公平じゃないかなと思って」

この弁明がツボに入ったのか、圭衣子がプッと吹き出す。

「なに言ってるのよ、バカね」

優しい声でなじり、隣に坐るよう手招きする。雅史が腰かけるのとほぼ同時に、屹立《きつりつ》に指を巻きつけた。

「あうう」

ゾクッとする快美が背すじを走り抜け、雅史はのけ反った。当然ながらズボン越し以上に快く、分身がさらにふくらんだようである。

「硬いわ……」

つぶやいて、圭衣子がほうと息をつく。それから、思い出したように雅史の顔を見た。

「小暮さんって、四十三歳よね？」

「え、ええ」

「なのに、どうしてオチンチンがこんなに硬いの？　夫は四十前なのに、ここまではならないわ」

そうすると、旦那は彼女より二つ三つ年上なのか。

「だから、それだけ圭衣子さんが魅力的なんです。握られただけでも、すごく気持ちよくって」

彼女の手柄にしたのは、いい年をして昂奮《こうふん》しすぎなのを恥じたためもある。誰にでもこうなるなんて思われたくなかった。

雅史は手をむっちりした太腿にのせ、なめらかさを堪能した。

「ここもそうだし、圭衣子さんはとってもいいカラダをしてます」

言ってから、品のない発言だったかなと反省する。

だが、圭衣子は満更でもなさそうに頬を緩めた。案外嬉しかったようだ。つまり、褒められることにそれだけ飢えていたとも言える。

「お上手ね」

彼女ははにかむように言い、手にした屹立の真上に顔を伏せた。分身が温かく濡れたものに包まれる。

「むはッ」

予告なしのフェラチオに、喘ぎの固まりが喉から飛び出す。密かに期待していたとは言え、いきなりだったから心の準備ができていなかった。

（圭衣子さんが、おれのチンポを――）

感動と快感が同時に高まる。ところが、圭衣子は亀頭をひと舐めし、チュッとひと吸いしただけで口をはずした。

「え、どういうこと？」

疑問を口にされても、何のことかさっぱりわからない。すると、彼女が上目づかいで首をかしげた。

「オチンチン、どうして味がしないの？」

「あ、ええと」

雅史はうろたえ、視線をテーブルの下に向けた。そこにあったウエットティッシュを見て、圭衣子は理解したようだ。

「ずるいわ。自分ばっかり綺麗にするなんて」

非難する眼差しを向けてくる。彼女のほうは正直すぎる匂いと味を暴かれたから、不公平だと気分を害したらしい。

もっとも、それで行為をやめてしまうことはなかった。不満げに顔をしかめつつも、牡の漲《みなぎ》りを再び咥《くわ》えてくれる。

ピチャピチャ……ちゅぱッ——。

舌は無邪気に動かされているようでありながら、感じるポイントを的確に攻めてくる。人妻だけあって、男を歓ばせるテクニックが身についているようだ。

(うう、気持ちいい)

雅史は膝をカクカクと揺らし、奥歯を噛み締めた。油断したら、早々にほとばしらせそうだったのだ。

だが、敏感なくびれの段差に舌を這わされ、これはまずいと焦る。

「ちょ、ちょっと、圭衣子さん」

声をかけると、舌の動きが止まる。しかし、口がはずされる様子はなかった。

「おれも圭衣子さんを気持ちよくしてあげます。いっしょにしましょう」

雅史が何を言っているのかわからなかったらしい。彼女は勃起を解放して顔をあげると、怪訝《けげん》そうに眉根を寄せた。

「え、いっしょにって？」

行為の名称を口にするのは雅史も恥ずかしかったので、行動で示す。ソファーに身を横たえるようにし、

「おれの上になってください」

と告げる。シックスナインを求められたと、圭衣子も理解したようだ。

「わ、わたしはもう――」

一度達したから必要ないと言いたかったのか。けれど、雅史が「さあ」と促したことで、されたい気持ちが高まったのかもしれない。

それでも、素直に受け容《い》れるのは照れくさかったと見える。

「またわたしのおしりが欲しくなったんでしょ」

厭味《いやみ》っぽく決めつけ、逆向きで胸を跨《また》ぐ。わずかなためらいを残しつつも、圭衣子が剝き身のヒップを差し出した。

（うわっ）

雅史は圧倒された。彼女のおしりと密着したあとでも、真下から見あげるのは

迫力が段違いだった。

そのくせ、顔を押し潰されたいと、被虐的な感情も湧《わ》いてくる。柔らかさと弾力を、際限なく味わいたかった。

その願いが通じたかのように、丸みが落下してくる。

「むうう」

お望みどおり、熟れ尻の重みをまともに受け止めて、雅史は歓喜に呻いた。ソファーのクッションがなければ、本当に頭を潰されたかもしれない。

「こうしてほしかったんでしょ？　ヘンタイ」

圭衣子のなじる声が、やけに遠くから聞こえる。口許を完全に塞《ふさ》がれても苦しくなく、むしろ陶酔の心地にあった。

弾力も肌ざわりも最高な、極上の臀部。これ以上は不可能なまでに密着し、雅史は素晴らしさを心ゆくまで味わった。

（え――――）

唇がヌラつく感触がある。いつの間にか、新たな蜜が多量に溢れていた。ついさっき、絶頂するまで吸いねぶったはずなのに。

（まだ満足してないのかな？）

それとも、久しぶりに男と接し、もっと気持ちよくなりたいと貪欲《どんよく》になったのか。舐められるだけでなく、手にしている剛棒で貫いてほしいのかもしれない。

とにかく、彼女がさらなる快楽を求めているのは明らかだ。だからこそ、男に尻を与えるという恥ずかしい体位もとれたのだろう。

ならば、希望を叶えてあげるべきである。

雅史は舌を恥ミゾに差し込み、ほじるようにねぶった。温かな蜜をすすり、喉に流し込む。

「ああっ、あ、感じるぅ」

圭衣子がよがり、ペニスを強く握る。尻の筋肉を強ばらせ、雅史の鼻面を臀裂でキュッキュッと挟み込んだ。

「むぅ」

快さにひたりつつ、秘芯を熱心に吸い舐める。人妻がいっそう乱れ、裸の下半身をくねらせた。

「あ、イヤッ、そ、そこぉ」

敏感な肉芽を狙って攻めると、嬌声《きょうせい》のトーンが上がる。ねちっこく歓ばせたあと、舌を膣口に突き入れると、たわわな双丘がぷるぷると震えた。

「おぅ、おふっ、ふううう」

より深いところで感じているふうに、喘ぎ声が太くなる。牡根をせわしなくしごきだしたのは、これを挿れてという意思表示なのか。

もちろん、雅史もひとつになりたかった。

舌を引っ込め、おしりをぺちぺちと軽く叩けば、圭衣子が腰を浮かせる。ねぶられ続けた女芯は、濡れて赤みを帯びていた。

「ふう……」

彼女は気怠げに息をつくと、雅史に背中を向けたまま進んだ。股間にそびえ立つ牡茎の真上にヒップを移動させ、逆手で握ったものの穂先を濡れ割れにこすりつける。

ぬちゅぬちゅ……。

粘膜同士の摩擦が、卑猥《ひわい》な粘つきを立てた。このまま背面の騎乗位で交わるつもりなのか。

「これ、ちょうだい」

振り返って横顔を見せた圭衣子が、おねだりを口にする。雅史の返事を待つことなく、屹立の上に坐り込んだ。

ぬぬぬ――。

強ばりきった肉棒が、狭い穴を侵略する。内部のヒダに敏感なところを余すことなくこすられ、雅史はたまらずのけ反った。

「あふぅうーン」

長く尾を引く喘ぎを吐いたのは圭衣子だ。背すじをピンとのばし、女らしい腰回りをわななかせる。

（ああ、入った）

とうとう結ばれたという感慨が胸に広がる。濡れ穴のねっとりした締めつけと、股間にのしかかる柔らかな重みも心地よい。

もはや彼女が人妻であることなど、雅史はどうでもよくなっていた。ここにいるのは男と女、それだけだ。

「あん、いっぱい」

泣くような声でつぶやいた圭衣子が、前屈《まえかが》みの姿勢になる。雅史の両膝に手をつくと、もっちりした丸みを緩やかに上下させた。

「あ、ああっ、あふ、ふううぅ」

歓喜の声を洩らしつつ、逆ピストンで快感を求める。欲望に忠実な振る舞いも健気《けなげ》に映った。

(ずっとしたくてたまらなかったんだな)

そんな彼女の助けになれたのであれば、これほど光栄なことはない。

「うう、あ、気持ちいい」

よろこびをあらわにする人妻が、ヒップの上げ下げをいっそうリズミカルにする。逆ハート型の切れ込みに見え隠れする肉根は、白い濁りを筋張った胴にまといつかせた。

(なんていやらしいんだ!)

男女の性器が交わるすぐ上で、小さなツボミが収縮する。やけに卑猥な眺めに、雅史は劣情を滾《たぎ》らせた。

(おれもお返しをしなくっちゃ)

一方的に攻められるばかりでは、男がすたる。この体位では自由に動けないけれど、できるだけのことはしたい。

ソファーのクッションを利用して、雅史は腰を真上に突き上げた。彼女がおしりを落とすタイミングを見計らって。

「あひッ」

圭衣子が鋭い喘ぎ声を発する。体軀《たいく》をワナワナと震わせたのは、膣奥を突かれてかなり感じたからに他ならない。

彼女が腰振りを再開させると、雅史はまた漲り棒を送り込んだ。

「あ、あ、あ、それいいッ、いいの、感じるぅ」

せわしなく息をはずませ、熟女が快楽希求に没頭する。臀部と下腹が勢いよくぶつかり、パツパツと湿った音を鳴らした。

「くうう、お、オチンチンが奥まで来てるぅ」

はしたない言い回しに、雅史は頭がクラクラするのを覚えた。

（圭衣子さんが、ここまで淫《みだ》らになるなんて――）

第一印象は、美しく淑やかな女性だった。セクシーなヒップラインと、ひと好きのする笑顔にも惹かれ、是非仲良くなりたいと願った。

その彼女が、あられもなく乱れている。

そもそも、こんなに早く結ばれたのも想定外だ。会うのは今日が二回目で、初めて彼女の家を訪れたばかりだというのに。

おまけにリビングのソファーで、ふたりとも下だけを脱いだ格好。いかにも欲望のままに繫《つな》がった構図である。

実際にそのとおりだなと納得しながら、腰をズンズンと跳ね躍らせる。膣内の摩擦が激しくなり、雅史も高まった。

（うう、まずい）

頂上が迫り、息が荒ぶる。このまま続けたら、ほとばしらせるのは時間の問題だった。

かと言って動きをセーブしたら、上昇している圭衣子の気を殺《そ》いでしまう。それは避けねばならない。

ここは我慢のしどころだと、懸命に忍耐を振り絞っていると、

「あ、イク――」

人妻がいよいよ高みに至った。

「いやぁ、イクッ、イクッ、イクイクイクぅううッ！」

アクメ声を高らかに張りあげ、上半身をガクンガクンと前後に揺らす。

「むううう」

雅史も引き込まれて昇りつめそうになったが、どうにかとどまった。彼女が坐り込んでしまったためにペニスを抜くことができず、中に出すのはまずいと思ったのだ。

内部が蠕動《ぜんどう》するように蠢き、脈打つ牡棒を締めつける。終わったあとも油断できなかった。

気を引き締めていると、圭衣子がおしりを重たげに浮かせる。ソファーの背もたれに摑まって、どうにかというふうに。二度目の絶頂はクンニリングス以上に余韻が深そうで、足腰が立たなくなっているのか。

分身が抜けたところで、雅史は素早く彼女の下から抜け出した。からだを支えてあげると、ソファーに仰向けで寝かせる。

「はあ……」

圭衣子が大きく息をつく。焦点の合っていなさそうな、トロンとした目で雅史を見あげた。

「ありがとう」

掠れ声で礼を述べ、牡の股間に視線を向ける。白い淫液をべっとりとまといつかせた肉根が、猛々しく反り返ったままなのを認め、悩ましげに眉根を寄せた。

「……小暮さん、イカなかったのね」

「ええ」

「もうすぐ生理だし、中に出してもよかったのに」

「だけど、事前に言われてなかったから」

「いいひとね。紳士だわ」

圭衣子が感激した面持ちで頬を緩める。艶っぽいほほ笑みに、雅史は胸を高鳴らせた。彼女の面差しが、神々しいまでに美しく感じられたのだ。

「じゃあ、今度は遠慮しないで、中にいっぱい出して」

立てた両膝を、自ら抱える人妻。おしめを替えられるときの赤ん坊みたいな格好で、愛液の白いカスをこびりつかせた女陰を見せつけた。

「疲れてないんですか？」

淫らなポーズにどぎまぎしつつ気遣うと、彼女は目を淫蕩《いんとう》に細めた。

「全然。わたしのオマンコは、硬いオチンチンを欲しがっているのよ」

いやらしすぎる発言に、理性を粉砕される。雅史は劣情を沸き立たせ、熟れた女体に挑みかかった。

「挿れます」

あらわに晒された蜜苑に、真上から剛棒を突き立てる。

「ほぉおおおっ！」

圭衣子がのけ反り、白い喉を見せた。

膣の中は、さっきよりも熱い。オルガスムスで肉体が火照ったせいなのか。柔ヒダも肉根にぬっぷりとまつわりつく。

（うう、気持ちいい）

挿入だけで果ててしまいそうだ。

からだを折り畳まれた格好でペニスを受け容れた圭衣子が、ハァハァと息をはずませる。表情が蕩《とろ》け、本当に男を欲しがっているのだとわかった。

ならば、もう一度イカせてあげたい。

（まだ我慢しろよ）

自らに言い聞かせると、雅史は腰を上下にバウンドさせ、強烈なピストンを繰り出した。

「あああ、そ、それ、すごくいいッ」

圭衣子が乱れ、髪を振り乱す。額には汗の露が光っていた。

熟れたボディを責め苛《さいな》みながら、雅史はふと、目を隣の部屋に向けた。開けっぱなしの戸の向こうに、二匹の犬が行儀よく並んでお坐りをし、こちらを不思議そうに眺めている。

（見られちゃったな、こいつらに）

ポップはともかく、マリーはこのお宅の犬だ。夫が帰ってきたら告げ口をするのではないかと、あり得ないことを考える。

(内緒にしとくんだぞ)

胸の内で告げ、抽送を続ける。視線をよがる人妻に戻し、唇を奪った。

「むーーむふっ」

苦しそうにもがいたのは、ほんの短い時間だった。彼女のほうから舌を差し出し、せがむように絡ませてくる。

(うう、たまらない)

口でも性器でも深く交わり、この上ない快感にひたる。こんなにも気持ちのいいセックスは初めてだ。

そして、素晴らしい機会を得られたのは、愛犬のおかげと言えよう。

(ありがとうな、ポップ)

もう一度、隣の部屋に目を移す。すると、彼は退屈そうに、ふわぁとあくびをした。

雅史は苦笑しつつ、腰を振り続けるのだった。

第二章　隣妻の悩み

1

同じ町内にあるのは一軒家が多い。昔からのお宅と、比較的新しい家は半々ぐらいの割合だろうか。

空いていた土地には、今も住宅が建てられている。改築しているところも見かけるし、人口がますます増えるのではないか。

（でも、住みやすさは変わらないだろうな）

ここらは文教地区で、建物の制限がある。高層のマンションは建てられないし、店もいかがわしいものは御法度だ。

子育てには相応《ふさわ》しいところながら、妻も子もいない雅史には、今のところ恩恵はない。静かな環境は住むぶんにはよくても、エッセイやコラムのネタにはならないのだ。

もちろん、このまま独身生活を続けるつもりはない。今度は浮気しない伴侶《はんりょ》を得て、健やかな家庭を築こうと思っている。

それにはまず、女性との出会いが必要だ。

圭衣子とはセックスした後も、何度か散歩のときに顔を合わせた。親しく言葉を交わし、数分話すことはあっても、それだけで終わる。あのときのように、色めいた展開にはならなかった。

人妻と深い関係を続けるのは好ましくないという思いは、確かにある。しかしながら、求められたら断る道理はない。

何しろ、彼女との交歓は最高に気持ちよかったのだ。からだの相性が抜群だと思ったし、できることならまた交わりたかった。

とは言え、あくまでも求められたらの話である。こちらからかりそめの情事を申し込むのはためらわれた。

残念ながら、圭衣子が誘いを口にすることはなかった。会ったときも、初対面のときと変わらぬ淑やかな振る舞いで、関係を持った事実など匂わせない。むしろ、意識して表に出さぬようにしているフシが窺えた。

あるいは、夫を裏切ったことを後悔し、忘れたいと思っているのか。それとも、一度で満足したから、二度目は必要ないのだろうか。

どちらにせよ、人妻に不貞を強いるわけにはいかない。

雅史のほうにも、深入りしなくてよかったと安堵する部分がある。彼女の夫を巻き込んで、修羅場になるのは御免だった。

だいたい、美女と仲良くなれただけでもラッキーなのだ。蕩けるようなひとときも体験できたし、贅沢《ぜいたく》を言ったら罰が当たる。

かくして、圭衣子とは犬の飼い主仲間という関係だ。散歩で会う以外に、連絡を取ることはない。それが寂しくないと言えば嘘になるけれど。

人妻への未練を吹っ切るためにも、雅史は新たな女性と出会う必要があった。

今日もポップと街を歩きながら、行き交うひとびとに目を向ける。どこかに素敵な女性がいないかと探しても、そう簡単には見つからない。

（やっぱりあれは、奇跡の出会いだったんだな……）

麗しの人妻の、男好きのするヒップを脳裏に蘇らせ、ため息をつく。

町内には、アパートや低層のマンションなど、集合住宅もある。中には、昭和の面影を残す木造アパートもあった。

歩いていると、前方にそんなアパートのひとつが見えた。特に古くて、それゆえに目立つ物件だ。

築五十年は、優に過ぎているであろう。部屋数が少なく、建物も小さい。外壁のトタンが錆《さ》びついて赤茶け、狭い庭も雑草だらけだった。

窓はどの部屋も、カーテンがぴったり閉じられている。外には部屋数分の郵便受けがあったけれど、すべてボロボロで役目を果たせそうになかった。

周辺の住宅が比較的新しいためもあって、みすぼらしさが際立つ。両隣が空き地になっているから、土地を買収している最中なのかもしれない。

（あれ？）

そのアパートの敷地から現れたひとがいて、雅史は驚いた。住んでいる人間がいるのかと、疑っていたからだ。

（あそこは廃墟《はいきょ》じゃなかったのか）

しかも、女性だったのである。普通に小綺麗な身なりをしており、ボロアパートには正直不釣り合いだ。

もしかしたら住人ではなく所有者か、その関係者かもしれない。あるいは、土地を買収している不動産会社が、調査に訪れたとか。

（まさか、泥棒じゃないよな）

そんな疑念を抱いたのは、彼女が周囲を窺うようにキョロキョロして、どこか怪しかったからである。

もっとも、怪しいのは行動だけだ。外見はごく普通である。

そもそも、あんなボロアパートに泥棒が入るはずがない。たとえ侵入が容易でも、金目のものがあるとは思えなかった。

彼女がこちらに向かってくる。何度も後ろを振り返ったから、追跡を恐れているふうでもあった。

（てことは、何かから逃げているんだろうか）

しかしながら、逃亡犯には見えない。その思いは、距離が縮まるにつれて強まった。

年齢は、おそらく三十路前後であろう。化粧っ気のない顔は和風の面立ちで、メイクをすれば圭衣子と並ぶぐらいに美しいのではないかと思われた。善良そうでもあり、罪を犯すタイプではない。

ただ、何か心配事でもあるのか、俯きがちの表情は暗かった。

ブラウスにベスト、膝丈のスカートという服装は清潔感がある。体型は、どちらかと言えばスリムな方であろう。こればかりは、脱いでもらわないとはっきりしないが。

とにかく、どこをどう見ても、ボロアパートにはそぐわない女性だ。

(本当にあそこに住んでいるのだとすれば、何か事情があるのかも)

たとえば借金ができて、債権者から逃げているのだとか。

そんなことを考えていたら、近づいてきた彼女が微笑を浮かべたものだからドキッとする。憂鬱《ゆううつ》そうだったぶん、一気に華やいだ印象を受けたのだ。

その笑顔は、雅史に向けられたものではなかった。

「まあ、可愛い」

ポップに目を細め、立ち止まる。小型犬の愛らしさが、美女の沈んだ気持ちを癒やしたようである。

そして、ひとなつっこいポップが足下に寄っていくと、彼女はその場にしゃがみ込んだ。

(あ――)

危うく洩れそうになった声を、雅史は呑み込んだ。彼女が無防備に屈んだものだから、スカートの奥が覗け、ナマ白い内腿が視界に入ったのだ。

それればかりではなく、秘められた部分に喰い込むパンティも。

下着はベージュ色で、クロッチの幅も広い。いかにも普段穿きという地味なデザインのようながら、街中で目にしたチラリズムはやけに煽情的だ。そこから目を離せなくなる。

　圭衣子の美尻に、初めてお目にかかったときと同じだった。

「可愛いですね。お名前は何ていうんですか？」

　訊ねられて、ようやく我に返る。彼女は犬の頭を撫でながら、こちらを見あげていた。

「ああ、えと、ポップです」

　答えながらも、視界の隅にしつこくパンチラを捉え続ける。

「そうなんですか。お散歩ができていいわね、ポップちゃん」

　彼女は雅史ではなく、ポップに話しかけた。行儀よくお坐りをし、尻尾をぴょこぴょこと振る姿に、心から癒やされたふうだ。

　さっきまでの不安の影は、面差しから消えていた。

（ていうか、気のせいだったのかも）

　誰だって落ち込むときはある。彼女もたまたまブルーになっていただけなのだろう。顔立ちが綺麗だから、深刻そうに映ったのだ。

　女性が立ちあがる。つられて視線をあげた雅史は、正面から美貌を見るなりドキッとした。

目に涙が溜まっていたのである。

「お散歩のお邪魔をして、すみませんでした」

丁寧に頭を下げられ、

「いえ、こちらこそすみません」

と謝ってしまったのは、スカートの中を見たことに罪悪感がこみ上げたからだ。

おそらく、瞳を濡らす涙を見たせいで。

雅史の受け答えを怪訝に感じたか、美女が眉根を寄せる。幸いにも、深い意味はないと解釈してくれたらしい。

「では、失礼いたします」

もう一度会釈して、雅史が来たほうへと立ち去る。そちらにはスーパーがあるから、買い物にでも行くのだろうか。

雅史は彼女の後ろ姿をぼんやりと見送った。そのときふと、引っかかるものがあることに気がつく。

(あのひと、変なことを言わなかったか?)

記憶をたぐり寄せ、社交的な挨拶程度のやりとりを振り返る。

『お散歩ができていいわね、ポップちゃん――』

女性の言葉が蘇り、雅史は妙だなと首をかしげた。

単純に、飼い主さんが散歩をしてくれていいわねと、犬に共感したと捉えるのが自然であろう。

だが、そのときの彼女は、心から羨《うらや》ましがっているように感じられたのだ。自分は散歩も自由にできないのにと、内なる不満が聞こえた気もした。

だからこそ、彼女は今にも泣きそうに目を潤ませたのではないか。自身の境遇を嘆いて。

やはり訳ありなのかもしれない。あとを追って事情を訊ねたくなったものの、ポップが《早く行こう》と急《せ》かすみたいにリードを引っ張った。

仕方なく、雅史はその場を離れた。それから、彼女が出てきたアパートの前で立ち止まり、じっくりと眺める。

(本当に、ここに住んでるのかな……)

相変わらず廃墟のような佇まいで、ひとが住んでいる気配は感じられない。外のポストにも、名札らしきものは見当たらなかった。

(あんな美人が、こんなボロアパートに住んでいるはずがないな)

建物から出てきたのを目撃したわけではない。もしかしたら、アパートの裏手にある家の住人で、近道だからと敷地を通り抜けてきたとも考えられる。

きっとそうだなと、雅史は考え直した。このアパートの住人だと決めつけたものだから勘繰ってしまい、表情や言葉を深読みしてしまったのだと。

そのとき、生暖かい風が頬を撫でる。途端に、背すじがゾクッとした。

風は、アパートの方から吹いてきたのである。

（まさか――）

雅史は美女が去った方角を振り返った。けれど、すでに姿は見えない。

普通に考えれば、どこかで角を曲がっただけなのであろう。しかし、不気味な風のせいで、忽然《こつぜん》と消えたみたいに思えた。

（もしかしたら、あのひとは幽霊なんじゃないか？）

廃墟ふうのボロアパートに住む美女は、この世の存在ではないのかもしれない。

オカルト話はてんで信じていないはずなのに、雅史は一度浮かんだ疑念を打ち消すことができなかった。

そのため、足早にそこを離れたのである。

2

一時間近く歩き回ったあと、さすがに幽霊というのは考えすぎかという結論に至る。

（幽霊だったら、パンチラを見せるはずがないじゃないか）

根拠のない理由づけで、雅史は馬鹿げた想像をなかったことにした。というより、幽霊の下着に昂奮したなんて認めたくなかったのである。

ただ、ひとつだけ悔やむことがあった。

（くそ……ちゃんと確認すればよかった）

パンチラのことではない。結婚指輪をしていたかどうかである。

せっかくあれだけの美人と顔見知りになったのだ。次の機会には、もっと親しくなりたい。できれば圭衣子と同じように。

美尻の人妻と、二回目の邂逅《かいこう》でセックスまでこぎ着けたことは、雅史に自信を植えつけた。積極的になれば、女性をモノにできるという具合に。

また、さっきの美女とも、初対面でパンチラを拝めたこともあって、うまくいくと信じられたのである。

ただ、どうせ仲良くなるのなら、人妻ではなく独身のほうがいい。結婚までいけるかどうかは別にして、そのほうが長くお付き合いができるからだ。

まあ、ひとときの戯れも、それはそれでいいものだが。

ともあれ、あの女性が結婚しているのか、左手の薬指に指輪が有るか無いかではっきりしたはずなのである。そこをちゃんと見なかったことに、雅史は後悔を噛み締めた。

（だけど、あのアパートに住んでいるのだとしたら、きっと独身だよな）

見た感じ一間しかなさそうだし、夫婦では住めまい。もっとも、敷地を通り抜けただけの可能性が大きいのだ。だとすれば独身とは断定できない。

もやもやした思いを抱えながら帰ってくると、隣の家の前に幼稚園バスが停《と》まっていた。

（あ、リコちゃんが帰ってきたんだな）

お隣の藍沢《あいざわ》家は、夫婦と幼い娘の三人暮らしである。同じ工務店による建売住宅であり、入居したのも去年の同じ時期だったから、そのときに挨拶がてら互いに自己紹介をした。

しかしながら、特に親しく付き合ってきたわけではない。特に雅史が独りになってからは、顔を合わせれば会釈をする程度であった。

妻の姿が見えなくなったから、離婚したことは薄々気がついているのだろう。向こうは気を遣ってか訊ねないし、雅史も何も教えていない。別れた理由までは知らないはずである。

バスが走り去ると、玄関前に藍沢家の奥さんと、ひとり娘のリコがいた。今は幼稚園の年中組だ。

奥さんの名前は亜佐美《あさみ》である。さすがに年齢まではわからない。おそらく三十六歳の圭衣子より、二つ三つ年下ではなかろうか。

勤めに出ている様子はないし、昼間から洗濯機や掃除機など、家事をする音が聞こえる。きっと専業主婦だ。今も白いエプロンを着けている。

（あれ？）

リコがぐずっている様子で、雅史はどうしたのかなと首をかしげた。仲良しの友達が幼稚園バスで行ってしまい、寂しいのだろうか。

「ほら、お家に入るわよ」

母親が促すと、幼女は拗《す》ねたふうに坐り込んでしまう。唇をキュッと結んだ表情は、今にも泣き出しそうだ。

(あの年頃って機嫌を損ねると、何を言っても聞かないっていうものな)

母親たち体験談をまとめた、ネットの記事で読んだことがある。イヤイヤ期なんて厄介な時期もあるそうだ。子育ては大変なんだなと、まだその立場ではない雅史ですら、同情を禁じ得なかった。

おそらく、幼児なりに理由があるのだろう。ところが、それを説明する言葉を持たないからもどかしく、ただ拗ねるしかないのではないか。

ただ、もどかしいのは母親も一緒のはず。現に亜佐美は我が子を見おろし、困惑を浮かべていた。

大丈夫かなと思いつつ、藍沢家の前を通り過ぎようとしたところで、リコがこちらをチラッと見る。途端に、表情を輝かせた。

「あ、ポップ!」

それまで不機嫌そうだったのに、打って変わって笑顔を見せる。

お隣同士、それほど親密な関係はなくても、雅史が犬を飼いだしたことは、藍沢家のひとびとも知っている。リコは以前にもポップと会っているし、そのときは嬉しそうに頭を撫でた。

幼女が立ちあがり、とことこと駆け寄ってくる。そのあとに続いた亜佐美は、ぐずっていた娘が機嫌を直し、どこかホッとした顔つきだ。

リコはポップの前にしゃがみ込むと、「いいこいいこ」と言いながら頭を撫でた。幼いなりに、お姉さんぶりたいのかもしれない。

「どうもすみません」

亜佐美が頭を下げる。

「いいえ、全然」

雅史は笑顔を返した。考えてみれば、エプロン姿の彼女と、こんなに近くで対面するのは初めてではないか。

普段は家の外で顔を合わせたときに、離れたところで頭を下げる程度だ。引っ越しの挨拶のときも、別れた妻と一緒に藍沢夫妻と話したが、そのときはエプロンなど着けていなかった。

（けっこういいものだな）

下に着ているのはサマーニットと、花柄のスカートである。いかにも清楚《せいそ》な奥様という身なりで、年下なのになぜだか甘えたくなる。これもエプロンの効果なのだろうか。

「ねえ、ママ。ポップとおうちであそびたい」

リコが母親を振り仰いで言う。

「ダメよ。小暮さんにご迷惑がかかるでしょ」

亜佐美が諭すなり、幼女はくしゃっと顔を歪《ゆが》めた。

「ヤダ。あそぶの」

絶対に離さないという意思表示か、犬の首っ玉を抱きしめる。人間とのスキンシップが大好きなポップは、嬉しそうに尻尾を振った。

「もう……ワガママ言わないで」

困り果てた様子の亜佐美が、チラッとこちらに顔を向ける。すみませんと謝っているようにも、よろしいでしょうかと許可を求めているようにも見えた。おそらく、両方なのであろう。

「べつにかまいませんよ」

雅史は助け船を出した。

「リコちゃんがウチへ遊びに来てもいいですし、ポップが藍沢さんのお宅にお邪魔をするのでも、どちらでも」

「よろしいんですか？」

「ええ、もちろん」

雅史がうなずくと、亜佐美はちょっと考える素振りを示してから、

「でしたら、ウチへいらしてください」

と、隣人を招く方を選んだ。我が子をお邪魔させたら、余計に迷惑がかかると判断したのではないか。

「リコちゃん、ママがいいってさ。それじゃ、お家に入ろうか」

「うん！」

幼女は明るく返事をすると、素直に玄関へ向かった。

「本当に申し訳ありません。あの、お忙しいんじゃありませんか？」

亜佐美に気遣われて、雅史は「いいえ」と答えた。

「今はちょうど仕事の谷間なので」

文筆業であることは、最初に挨拶をしたときに話した。あまり外へ出ないから、何をしているのかと怪しまれたくなかったのだ。

「それならいいんですけど。では、どうぞ」

家の中に招かれると、雅史は濡れタオルを借りた。ポップの足を拭いてリードをはずすと、リコに犬用のサラミを渡す。

「これを使ってポップを呼んでごらん」

「うん。ポップ、こっちだよ」

幼女はおやつをエサにして、自分の部屋にポップを呼び込んだ。

「では、小暮さんはこちらへ」

雅史が招かれたのは、リビングダイニングであった。子供部屋は隣で、引き戸を開放しておけば、リコとポップの様子が見られる。

リビング部分にはテーブルもソファーもなかった。娘がまだ小さいから、走り回ってぶつかったり、飛び降りて遊んだりしないようにと配慮しているのだろう。

その代わり、大きなビーズクッションがふたつある。床も厚手のジョイントマットが敷いてあって、これは子供部屋も同じだった。

「こちらにお坐りになってください」

亜佐美が雅史に勧めたのは、奥のダイニングテーブルであった。そこからも、子供部屋の中が見える。

脇にカウンターがあって、その向こうがキッチンだ。同じ業者の家だから、基本的な造りは雅史のところも同じである。

ただ、親子三人の藍沢家ほど、雅史の家に物はない。住み始めて二ヶ月で、妻に逃げられたからだ。家具を揃える間もなかった。

殺風景な我が家と比較して、雅史は落ち込みかけた。

（――いや、また結婚して、今度こそちゃんとした家庭を作ればいいんだ）

それには伴侶に相応しい女性と知り合わねばと、思いを新たにする。

亜佐美がキッチンで何やら準備している。お茶でも出してくれるのだろう。

お構いなくと声をかけようとして、雅史はふと既視感に囚《とら》われた。

（あれ、前にもこんなことがなかったか？）

首をひねり、すぐに思い出す。圭衣子の家に招かれたときのことを。

東埜家でもリビングに通され、紅茶をご馳走《ちそう》になった。そして、隣の部屋にはポップがいた。

しかも、招いてくれたのは、どちらも人妻だ。

だからと言って、また色めいた展開になる可能性はゼロである。あのときは他に犬が二匹いただけで、目撃されても支障はなかった。

ところが、今回は幼稚園児がいる。妙なことをすれば父親に報告されるのは、火を見るよりも明らかだ。

そうとわかりつつも、雅史が残念だなと思ったのは、亜佐美のエプロン姿に惹かれていたためであった。

（そう言えば、あいつはエプロンなんて着けなかったものな）

ふと、別れた妻を思い出す。

彼女は結婚後も夜の仕事を続け、料理はあまりしなかった。作れるものも限られていて、本格的に腕を振るったことはない。

そのため、エプロンなんてものは不要だったのだろう。

（——て、どうでもいいじゃないか、あいつのことなんて）

今さら思い出しても意味はないと、頭から追い払う。

子供部屋を見ると、リコがポップにお手をさせていた。さらに、手のひらを正面に向けて、

「ほら、タッチよ、タッチ」

と、声をかけている。お手よりも上級のテクニックを教えるつもりらしい。だが、ポップは《どうすればいいの?》と言いたげな、戸惑った顔つきだ。

「さ、どうぞ」

亜佐美の声にハッとする。テーブルに、麦茶のグラスが置かれた。

「あ、すみません」

頭を下げると、彼女が向かい側の席に着く。

「こちらこそ、ありがとうございました。小暮さんが来てくださらなかったら、リコはまだむくれたままだったと思います」

「何かあったんですか？」

「ええ……なんでも、幼稚園で友達と喧嘩《けんか》したとかで」

「え、喧嘩？」

「べつに、取っ組み合いをしたわけじゃなくて、バスに乗っていた先生の話では、単なるオモチャの取り合いだったようです」

あるいは、望むような仲裁をしてもらえなかったために、機嫌が悪かったのではないか。

「なのにリコったら、あしたから幼稚園に行かないなんて駄々をこねて」

亜佐美がやれやれというふうにため息をつく。もちろん、そんな要求が通るはずないから、さっきは坐り込みを敢行していたらしい。

「まあ、でも、あしたになったら全部忘れて、けろりとして幼稚園に行くんじゃないですかね」

「だといいんですけど」

彼女はちょっと心配そうであった。前にも似たようなことがあって、手を焼いたのかもしれない。

3

亜佐美が何かを思い出したふうに、話題を変える。

「ところで、奥様とはご連絡を取っているんですか？」

別れた妻のことを持ち出され、雅史はさすがに動揺した。

「ああ、いや……」

「すみません。もう奥様じゃないんですものね」

隣家の人妻も、離婚したと察していたようである。

そうだよなと納得したものの、奥様じゃないと断定されたのが気にかかる。いなくなって十ヶ月以上経つが、たとえば妊娠出産で実家に帰っているという解釈だって成り立つのだ。

「わたしも同じ女ですから、あのひとの心境が理解できないわけじゃないんです。だけど、おひとりだけ残された小暮さんのことを考えると、他に方法はなかったのかと思います」

この発言に、心臓が不穏な高鳴りを示す。

（いや、どこまで知ってるんだよ？）

他に好きな男ができて、元妻がそいつと一緒になったことまでバレているみたいではないか。

「……あの、あいつに何か聞いたんですか？」

恐る恐る訊ねると、亜佐美が「ええ」とうなずく。

「直接じゃないですけど、メールで」

「え、メール？」

「最初にご挨拶をしたとき、奥様――元奥様と連絡先を交換しましたから」

そう言えば、女同士で携帯を取り出し、何やらしていたのを思い出す。買い物などの生活に関わる情報をやりとりするために、携帯番号やアドレスを教え合ったのだろう。

（じゃあ、離婚の理由も全部知ってるのか？）

同じ女だから心境がわかるというのは、結婚生活よりも好きな男を優先させたことを指すのか。だとすれば、雅史が女房に逃げられた情けない男だと、亜佐美は前々から承知していたことになる。

（てことは、おれがポップを飼いだしたのも、悲しみを紛らわせるためだと思ってるんじゃ――）

それは一面事実であるものの、お隣さんに知られていたなんて恥ずかしすぎる。顔を合わせるたびに、心の内で同情されていたのだから。

雅史は激しく落ち込んだ。それを亜佐美は、離婚を蒸し返したせいだと思ったらしい。

「すみません。イヤなことを思い出させてしまって」

謝られて、ますます情けなくなる。

「いえ……別れたのは事実なんですから」

「だけど、小暮さんはまったく悪くないのに、お気の毒です」

同情されるのも心苦しい。結局のところ、自分に妻を引き留めるだけの力がなかったのだから。

「……あの、今でもあいつとは連絡を取ってるんですか？」

「いいえ。そう頻繁でもなかったですし、ここしばらくは何も。そう言えば、赤ちゃんはもう生まれたのかしら？」

妊娠していたのも知っているのだ。雅史は「さあ」と、気の乗らない相槌《あいづち》を打った。

　すると、思いもしなかったことを亜佐美に言われる。

「もしかしたら、元奥様は、小暮さんはもう立ち直ったと思ったのかもしれませんね」

「え？」

「最後にメールをしたとき、小暮さんがワンちゃんを飼いだしたことを伝えたんです。それっきり連絡がありませんから、離婚の件を吹っ切れたとわかって安心したんでしょう」

　そうだろうかと、雅史は疑問を抱いた。元妻が、別れた夫をそこまで気にかけていたとは思えなかったのだ。

（おれのこと、独りが寂しいから犬を飼うことにしたんだなって、憐《あわ》れんでいるんじゃないか？）

　だとすればいっそう耐え難い。正直、恨みは完全には消えておらず、どうしても悪いほうに解釈してしまう。

「奥様は、やっぱり心配だったんですよ。わたしにメールをくれたのも、小暮さんの様子を知りたかったからなんでしょうし。彼女なりに、謝りたい気持ちがあったんじゃないかしら」

あとで悪いと思うぐらいなら、最初から他に男を作らなければいい。後付けで取り繕われたって、本心とは思えなかった。

（ていうか、あいつのことなんか教えてくれなくてもいいのに）

亜佐美にも恨めしさが募る。

短い期間とは言えお隣同士だったから、女同士で連絡を取るのは自由である。けれど、そのことを雅史に報告する義務はない。

（嫌がらせで言ってるわけじゃないよな……）

などと勘繰ってしまう。

「亜佐美さんのご主人も、おれたちが離婚したって知ってるんですか？」

確認すると、人妻が小首をかしげる。

「薄々感づいてるみたいですけど、詳しくは知らないはずです。わたしは何も話していないので」

その言葉で、ちょっとだけ安心する。プライバシーに関わることであり、口外すべきではないという常識は持っているようだ。

「小暮さんもお困りのことがありましたら、遠慮なく相談してくださいね」

男やもめは何かと大変だろうと、気遣ってくれているようだ。あるいは、そのことを伝えたくて、離婚の話題を出したのか。

(いいひとなのかもしれないな)

雅史は好意的に受け止めることにした。

「でも、結婚生活って、続いていれば幸せとは限りませんよね」

亜佐美が不意に沈んだ面差しを見せる。雅史がドキッとしたのは、圭衣子と同じなのかと思ったからだ。

(ひょっとして亜佐美さんも、旦那さんに抱いてもらっていないのか?)

などと考えたのは、ここでの情事は無理だとわかっていても、妙な期待があったためなのか。

「何か心配事でもあるんですか?」

遠慮なく相談してくださいなんて彼女が言ったのは、自身も悩みを抱えているからかもしれない。案の定、否定することなく、

「そうですね」

と、意味ありげにうなずいた。

「あの、おれでよかったら聞きますけど」

安請け合いをしてから、雅史は出過ぎた真似《まね》を後悔した。さっきも娘にぐずられて困っていたし、子育てに関する悩みかもしれない。だとしたら、自分が解決するのは到底無理だ。

「正直、アドバイスなんてできませんけど、誰かに話すだけで楽になることだってありますから」

弁解するように告げると、亜佐美が小さくうなずいた。

「……わたしが抱えていることなんて、贅沢な悩みだっていうのは重々わかってるんですけど」

ひと呼吸置いて、人妻が話し出す。積もり積もった思いを吐き出すように。

「子育てが大変だというのは、産む前から覚悟してました。ただ、越してくる前は実家が近かったので、困ったら親に頼ることができたんです。だけど、こっちだとそうもいかなくて、最初は不安だらけでした。何かあっても、相談できる相手はいませんから」

「ええ、そうでしょうね」

「だから、小暮さんの元奥様から連絡先を交換しましょうって言われて、とても心強かったんです。知り合いは少しでも多いほうがいいですし。年も三つしか違わなくて、お友達というか、姉妹みたいに思ってたんですよ」

もっとも、たった二ヶ月でいなくなったのである。ほとんど助けにならなかったのではないか。その後もメールのやりとりがあったというから、愚痴ぐらいはこぼせたのかもしれないが。

（てことは、亜佐美さんは三十四歳か）

元妻との年齢差から判明する。推測したとおり、圭衣子のふたつ下だ。

「あとは、リコが幼稚園に入って、そこのママたちとも仲良くなれて、だいぶ楽になりました。さっきみたいに手がかかることもありますけど、大変なことばかりじゃなくて、成長を見る楽しみもあるんです。今は赤ん坊のときと違って、リコもいろいろなことができるようになりましたし」

どうやら子育てそのものの悩みではないらしい。そうすると夫絡みなのかと思い、雅史は訊ねた。

「旦那さんも、子育てには協力してくれるんですか？」

「そうですね。平日は仕事で疲れているからって、いっしょにお風呂《ふろ》に入るぐらいですけど、休みのときはよくかまって、遊んであげてます」

言ってから、亜佐美がちょっとだけ不満そうに眉をひそめる。

「わたしのことは、あまりかまってくれませんけど」

やっぱり夫婦間のスキンシップ不足が悩みなのか。圭衣子のときと同じ展開を予想して、雅史は落ち着かなくなった。

ところが、そうではなかった。彼女は小さく咳払《せきばら》いをすると、いよいよ本題に入ったのである。

「それで、毎日家事と子育てで、それ自体はやり甲斐もありますから、うんざりするってことはないんです。ただ、普段は出かけるのは買い物ぐらいで、基本はずっと家にいるんですよね。そうすると、何だか取り残されている気分になることがあるんです」

「取り残されているって、何からですか？」

「んー、社会っていうか、世間っていうか……わたしだけが、世の中の流れに乗れていないみたいに感じるんです」

その心境は、雅史にも共感できるところがあった。

雅史自身、ずっと在宅で仕事をしている。ときには取材をしたり、打ち合わせで出かけることはあっても、頻度は多くない。そのため、社会との繋がりが感じられずに、虚《むな》しくなることがあった。

それでも、いちおう書いたものが世に出ているわけである。ごく稀《まれ》ながら、感想がいただけたりする。それによって心のバランスが保たれていた。

しかし、亜佐美の場合、日々関わりのある人間は子供と夫のみだ。家庭が自身を取り巻く世界であり、雅史以上に社会との繋がりを希薄に感じているのは、想像に難くない。

「亜佐美さんは、お仕事をされたことってあるんですか?」

気になって訊ねると、「ええ」と答える。

「大学を出て就職しました。ごく普通の会社でしたけど、結婚後も仕事を続けていたんです。でも、妊娠して産休を取らなくちゃいけない段階になったとき、夫と相談して退職したんです」

「え、どうしてですか?」

「夫はもともと、子供ができたら、わたしには子育てに専念してほしいと思っていたんです。それに、産休と育休で一年半ぐらい休むわけですから、そのあと復帰しても、以前と同じように働ける自信がなくて……」

「なるほど」

「何より、わたし自身も子育てをしっかりやりたい気持ちがあったんです。わたしの両親は共働きで、幼い頃はけっこう寂しい思いをしましたから。リコには同じ思いをさせたくないんです」

つまり、したくもないのに専業主婦をしているわけではない。本人の意志でそうしているのだ。

それでも、ずっと家にいれば、気が滅入るのは理解できる。

これが、一度も就職したことがなくて、女は家を守るのが当たり前という考えで生きてきたのなら、悩まずに済んだのではないか。なまじ外の世界を知っているからこそ、これでいいのかと迷うのだろう。

「ひょっとして、また仕事をしたいんですか?」

確認すると、彼女は首をひねって「んー」と唸った。

「その気持ちはゼロじゃないですけど、今は無理ですね。まだリコは手がかかりますし、ちゃんと見てあげたいんです」

家にいて子育てをしたい。けれど、それだけだと社会との繋がりを感じられない。結局のところ、無い物ねだりではないか。

そう感じたのが顔に出たのか、亜佐美が気まずそうに目を伏せる。

「自分でもわかってるんです。ただのワガママなんだって。むくれて言うことを聞かないリコといっしょなんですよね」

「いえ、そうは思いませんけど……おれだって、ずっと家にいると気が滅入ることがありますから」

共感を口にすると、人妻が顔をあげる。「ありがとうございます」と礼を述べ、頬を緩めた。

「たぶん、わたしは平凡な日常がもの足りなくて、スリルを求めているだけなんです」

雅史はドキッとした。スリルという言葉を口にしたとき、彼女の目が艶っぽくきらめいた気がしたからだ。

（もしかしたら、男とのアバンチュールを愉しみたいんじゃないか？）

夫が娘ばかりを相手にして、かまってくれないと不満をこぼしたのは、つまりそういうことではないのか。

「あ、そうそう。リコを見なくっちゃ」

亜佐美が立ちあがり、子供部屋へ向かう。引き戸の陰から、横たわる幼女の下半身が覗いていた。

「まあ、眠っちゃったのね」

あきれた声が聞こえる。犬と遊んでいるあいだに、リコは寝落ちしたらしい。床は樹脂製のマットが敷き詰められているし、布団など敷かなくても気持ちいいのだろう。

亜佐美が娘にタオルケットを掛ける。雅史のところから、ポップの姿は見えなかった。

（リコちゃんといっしょに寝てるのか？）

間もなく、彼女が戻ってくる。

「リコは眠ってました。幼稚園から帰ると、いつもだいたい夕方までお昼寝するんです」

「ポップは？」

「隣でいっしょに寝てましたよ。リコの相手をして、疲れたのかもしれませんね」

ポップは特にクッションなどなくても、床にからだを伸ばして眠るのである。あるいは厚手のマットが気持ちよくて、起きてこないのか。

「小暮さん、お忙しいでしょうから、ポップちゃんを連れてお帰りになってください」

言われても、直ちにそうする気になれなかったのは、人妻の発言が気になっていたからだ。

「その前に、お訊きしたいことがあるんですけど」

「なんですか？」

「亜佐美さん、さっきスリルを求めているとおっしゃいましたけど、それってどういうスリルなんですか？」

問いかけに、亜佐美が狼狽《ろうばい》する。頬を赤く染め、目を泳がせた。

「そ、それは……いえ、もういいんです。忘れてください」

改めて問われると打ち明けられなくなるのは、許されない行為を求めている証《あかし》ではないのか。

視線は正直で、雅史のほうにチラチラと向けられる。あたかも、察してちょうだいとねだるみたいに。

「いいえ、せっかくですから、おれにできることをしてあげたいんです」

申し出に、彼女がコクッと喉を鳴らす。

「わたしは……でも――」

ためらいはあっても、きっぱりと拒めない様子である。これがまたとないチャンスだとわかっているのだ。

あとは押すだけだと、雅史は判断した。

「とりあえず、おれに任せてもらえませんか？」

身を乗り出すようにして告げると、人妻が息を呑む。濡れた目で見つめられ、いつしか雅史の鼓動も速くなった。

4

ふたりはカウンターの向こう、キッチンへ移動した。仮にリコが起きてきても、そこなら胸元から上しか見えないし、どうにか誤魔化せるからだ。

シンクの前、カウンターのほうを向いて亜佐美を立たせると、雅史はその背後に膝をついた。明かりを点けておらず、窓も磨《す》りガラスの小さなものしかないので、足下は薄暗かった。

「少しでも嫌だと思ったら、言ってください。すぐにやめますから」

雅史は前もって忠告した。無理強いはしたくなかったし、いつでもストップできると伝えておきたかったのだ。

「何をするんですか？」

彼女が怖ず怖ずと訊ねる。心なしか、膝が震えているようだ。

「それがわかっていたら、スリルなんて味わえませんよ」

「……そうですね」

だが、いやらしいことをされるのだと、当然わかっていたはず。亜佐美自身、それを望んでいるのだから。

(ていうか、おれもよくこんなことができるよな)

己の行動力に、雅史は我ながら驚いていた。

元妻だって、酔った勢いで口説いたのである。もともと女性に関しては奥手のほうだった。初体験も、二十五歳を過ぎてからだったのだ。

なのに、ここまで積極的になれるのは、一度限りとは言え、圭衣子と深い関係になれたことが大きい。同じく人妻ということもあって、ひとときの戯れに対する抵抗を感じなかった。

むしろ、後腐れがなくていいとすら思い始めている。その場限りの快楽を求める軟派男など、かつては軽蔑《けいべつ》していたはずなのに。

さりとて、自らの欲望のみで進めているのではない。亜佐美が望んだことをしているのだ。ふたりの思惑が合致しただけのこと。

（そうさ。これは亜佐美さんのためなんだから）

思い過ごしではないかと疑う気持ちは、不思議と湧いてこなかった。間違いないと確信していたし、彼女が元妻の話題を出したのだって、遠回しに誘っていたに違いない。

実際のところどうなのか。それはじき明らかになるだろう。

花柄のスカートは、後ろにホックとファスナーがあった。そこに触れると、成熟した下半身がかすかにわななく。

ところが、拒絶の言葉は聞こえない。

ホックをはずし、ファスナーを下ろす。ウエスト部分の支えを失うと、スカートは重力に引かれて床にふさっと落ちた。

「あん……」

亜佐美が小さな声を洩らす。あらわになった丸みが、恥じらうようにくねったのと同時に、ぬるいかぐわしさが遠慮がちに漂った。

（え？）

雅史は目を疑った。彼女はベージュのパンティストッキングを穿いていたのだが、本来ならそこに透けるはずの下着が見当たらない。ナイロンの薄地は、臀部に直接張りついていたのだ。

（亜佐美さん、ノーパンなのか？）

破廉恥なことに、パンストを直穿《じかば》きしているのか。幼い娘のいる母親でありながら、なんていやらしいのかと軽い目眩《めまい》を覚えたものの、それは雅史の早合点であった。

彼女はTバックを穿いていたのである。後ろはウエストのゴム部分も含めて完全な紐《ひも》で、縦の細身が尻割れに埋まっていたから、ノーパンに見えたのだ。

しかしながら、そんなエロチックなランジェリーでは、着けていないのも同然と言える。

（いつもこんな際どい下着を選んでいるのかな）

まさか、こうなることがわかっていて、煽情的なインナーをチョイスしたのだろうか。

いや、さすがにそれは考えすぎだ。雅史が訪問したあとで取り替えたのならともかく、亜佐美は最初からこれを穿いていたのだから。

（てことは、旦那さんがその気になるように？）

夫がなかなかかまってくれないから、セクシーな下着をチラ見せして、昂奮させるつもりだったとか。

あるいは、単純に刺激がほしかったとも考えられる。いやらしい下着を穿くことで、淫らな気分が高まるであろう。

加えて、快感も得られるのではないか。

（これ、かなり喰い込みそうだものな）

秘部ばかりか、アヌスにも細身がこすれて、動くだけで快いのかもしれない。家事をしながら密かに身をくねらせ、秘苑を濡らしていたのではないか。

その証拠に、ほんのり酸味のある女くささが、中心からこぼれていた。

「ねえ」

焦れったげな呼びかけで我に返る。パンストのおしりをじっくりと見られ、亜佐美は居たたまれなくなったようだ。

（つまり、このまま続けてもいいってことなんだな）

人妻との禁断のひとときが、いよいよ始まるのだ。

薄物がカバーしているとは言え、女らしい曲線の下半身は、肌の色をあらわにしている。要は裸エプロンのスタイルだ。

　上半身はサマーニットを着たままだから、そのぶんヒップの丸みや、張り出し具合が強調されている。圭衣子ほどのボリュームはなくても、艶っぽいことこの上ない。

（うう、エロすぎる）

　雅史は我慢できず、両手でふたつの丘をすりすりと撫でた。

「いやぁ」

　色めいた嘆きが、ステンレスのシンクにこだまする。両膝がすり合わされ、臀部の筋肉がキュッと収縮した。

（気持ちいいのかな？）

　それとも、くすぐったいだけなのか。

　雅史は極上の手ざわりを味わっていた。ナイロンのザラッとしたなめらかさと、お肉の柔らかさが溶け合って、実に心地よい。ずっと触れていたくなる。

　だが、いつ幼女が起きてこないとも限らないのだ。おかげでスリルが味わえるとは言え、あまりゆっくりしていられない。

　惜しいなと思いつつ、雅史はパンストを艶肌から剝がした。あとで邪魔になると思い、脱がしたものを爪先から奪い取る。

これで人妻の腰から下を守るのは、ほとんど紐みたいなショーツだけだ。前の部分だって、申し訳程度にしか隠していまい。

「いつもこんないやらしい下着を穿いてるんですか？」

ナマ尻を鷲摑みにし、揉みながら訊ねると、亜佐美が腰をくねくねさせた。

「そ、そんなこと……」

完全に否定しないということは、やはり気分を高めるために、普段から愛用しているのではないか。

彼女のおしりは、パンスト装着時よりもボリュームが増したようだ。締めつけから解放されて膨張したのか、いっそう柔らかい。ほんのり産毛も感じられる。

丸みの下側、太腿との境界部分が、わずかにくすんでいるのが妙にエロチックだ。ＯＬ時代にデスクワークをしていた名残なのかと、想像をかき立てられる。

「もっとおしりを突き出してください」

「うう」

亜佐美は羞恥の呻きをこぼしつつも、そろそろと腰を折った。

丸みが後方に差し出されても、雅史は動かなかった。熟れ尻が目の前に迫るのに胸をはずませ、いよいよ密着しそうなところでお肉を割り開く。

むわ――。

蒸れた汗の香りが放たれる。熟成された趣のそれは、人妻の生々しい成分が凝縮されていた。

谷底に埋まっていた細身は、幅が五ミリもなさそうだ。両サイドにループ状の装飾がついているものの、肛門のシワも隠しきれていない。光量が不足しているため断定できないが、そのあたりは汗染みで黄ばんでいるかにも見えた。

（これ、エロすぎる）

卑猥な眺めと臭気の相乗作用で、劣情がふくれあがる。雅史はどうにも我慢できず、人妻尻に顔を密着させた。

「むう」

鼻が臀裂にもぐり込み、淫靡《いんび》なフレグランスをまともに嗅ぐ。頰に当たる柔肉の弾力も心地よく、感動の呻きがこぼれた。

（おれ、本当に尻フェチになったのかも）

圭衣子のたわわなヒップで目覚めさせられ、誰彼かまわず尻肉とふれあいたくなったのだろうか。

「ちょっと、何してるんですか⁉」

亜佐美の咎める声がする。しかし、そんなことでやめるぐらいなら、最初から手を出さない。

「駄目ですよ、大きな声を出したら。リコちゃんが起きますすよ」

臀部から少しだけ顔を離して告げると、人妻が「で、でも」と戸惑う。

「リコちゃんがこっちに来ないか、ちゃんと見ててください」

「うう……」

彼女は諦めたふうである。子供部屋のほうを見張っているかどうか定かではないが、雅史が再びヒップに顔を埋めても、文句を言わなかった。

それでも、せめてもの抵抗だったのか、割れ目をすぼめて鼻面を挟み込む。さらなる密着感をもたらして、男を歓ばせるとは気づかずに。

雅史は顔で尻を愛《め》でながら、手で太腿を愛撫《あいぶ》した。

（ああ、こっちもいい）

シルクのような肌ざわりは、密着させると手のひらに吸いつくよう。ぷにぷにした感触もたまらない。

「あ、あん……いやぁ」

キッチンで下半身を無防備に晒し、男に弄ばれる人妻。洩れる声が弱々しいのは、娘に気づかれぬよう堪《こら》えているからだろう。

そうと理解しながら、もっと感じさせてあげたくなる。求めていたスリルを味わわせるために。

雅史は右手を彼女の前に回し、腿の付け根へと忍ばせた。狭いクロッチが守る秘苑に、指を這わせる。

（え、すごい）

触れる前から熱気を感じていたのである。実際にそこをなぞってみれば、明らかに湿っていた。

いや、外側に粘り気が滲み出るほどに、ぐっしょりだったのである。

「くぅうーン」

亜佐美が切なげに呻く。下着越しに恥割れを探れば、臀部から太腿にかけてがビクッ、ビクッとわななないた。

（かなり感じやすいみたいだな）

というより、肉体が燃えあがっているふうだ。尻と太腿を撫でたぐらいで、愛撫らしいことなどしていないのに。

つまり、それだけ淫らな行為への期待が高まっていると言える。

だったら、もっと気持ちよくしてあげたい。雅史はTバックに指をかけると、足首まで一気に引き下ろした。

「あああ……」

三十四歳の人妻が羞恥に嘆く。エプロン姿で尻を丸出しにした嬌態は、まさにキッチンにこそ相応しい。

引き下ろした下着を片足からはずし、脚を大きく開かせる。亜佐美は言われずとも前屈みになり、女芯をあられもなく晒した。

（え、まさか――）

雅史は目を見開き、その部分をまじまじと観察した。なぜなら、当然あるはずの恥毛が、まったく見当たらなかったのである。

Tバックを穿いたときにはみ出さないよう、自分で処理をしたのか。さすがに天然のパイパンじゃないよなと、ぷっくりした大陰唇に触れてみると、剃《そ》り跡らしき引っかかりがあった。

（やっぱり自分で剃ったんだな）

あるいは、夫が昂奮するかもしれないと考えてこうしたのか。まさか、幼い娘に対抗して無毛にしたなんてことはあるまい。

「亜佐美さんのここ、すごくエッチですよ」

感動を込めて告げると、彼女が「いやぁ」と身を震わせる。暗がりでも陰部がキュッとすぼまり、スリットに透明な蜜を滲ませたのが見えた。

（もう、たまらなくなってるんだ）

それは雅史も同じだった。ブリーフの内側で脈打つ分身は、熱い粘りを鈴口から滴らせていたのである。亀頭と下腹がこすれると、ヌルヌルとすべるからわかるのだ。

しかし、まずは亜佐美を感じさせなければならない。

ぬるいチーズ臭を放つ蜜割れに、雅史は口をつけた。舌をミゾに差し入れ、温かなヌメりを掬《すく》い取る。

「あひッ」

鋭い喘ぎがほとばしり、女らしい肉づきの下肢が崩れそうに揺れる。それでいて、もっとしてほしいとばかりに、熟れ尻が突き出された。

無言のリクエストに応《こた》えて舌を律動させると、彼女が「あん、あん」とよがり声をあげる。頰の当たる臀部が痙攣《けいれん》し、谷間の鼻面をせわしなく挟み込んだ。

（すごく感じてるぞ）

鋭敏な反応と、なまめかしいフレグランスにも煽られて、雅史はクンニリングスにのめり込んだ。キッチンで半裸エプロンの人妻に奉仕するというシチュエーションにも昂り、舌づかいがねちっこくなる。

「あああ、そ、そこ――――ン、んんんっ」

艶声がくぐもったものになる。どうやら亜佐美は、そこらにあった布巾か何かを嚙み締めているらしい。大きな声で娘が起きたらまずいと、咄嗟《とっさ》にそうしたのであろう。

ならば遠慮は無用と、ピチャピチャと音が立つほどに濡れ園を吸い舐める。

「むふッ、むふぅ、ううう」

口を塞いだぐらいでは抑えきれない呻きが、雅史の耳にも届いた。

同じように洗っていない女芯をねぶられた圭衣子は、正直な匂いや汚れを気にして抗った。けれど、亜佐美は少しもそんな様子がない。おそらく、そこまでの余裕がないのだろう。

あるいは、何よりもスリルと快感を優先しているため、他はどうでもよくなっているのか。

（もしかしたら、匂いを嗅がれるのに昂奮してるのかも）

そう考えたときには、もともとあった風味は完全に舐め取られていた。

雅史はふと悪戯心を起こした。もっと恥ずかしいところを舐めたら、どんな反応をするのかと思ったのである。

舌を移動させた先は、ヒップの谷底にひそむ可憐なツボミ――肛門であった。

「むふッ」

ひと舐めされるなり太い息がこぼれ、艶尻がビクッとわななく。人妻は逃げようとも、抗おうともしなかった。

（気持ちいいのかな？）

なおもチロチロと、尖《とが》らせた舌先で放射状のシワをくすぐる。

そこが排泄口だと知りつつも、抵抗感はまったくなかった。最初に嗅いだとき、異臭はまったくしなかったし、今はどの家庭のトイレにも温水洗浄器が備えつけられている。彼女もそれで綺麗にしているのだろう。

「むーーむぅう、うぅ、むふっ」

亜佐美の息づかいがはずんでくる。女芯を舐めたときほどではなかったが、感じているのは確かだ。

（よし、だったら）

アナル舐めを続けながら、指で敏感な真珠を刺激する。それにより、爆発的な快感が女体を襲ったようだ。

「むうううううぅーッ！」

成熟したボディが暴れる。キッチンで剝き身の尻を振り立て、膝をガクガクと震わせた。

（いいぞ。このまま――）

彼女が感覚を逸らさぬよう、雅史は舌と指の動きを同調させた。秘肛をほじり、ふくらんで硬くなった肉芽をこする。

「む、うっ、うううぅ」

呻き声が大きくなる。歓喜に汗ばんだのか、臀部に頰が吸いついた。

（もうすぐイクんじゃないかな）

思った直後、艶腰が大きく跳ねた。

「むふうッ！」

くぐもった喘ぎ声を放ち、亜佐美が脱力する。雅史の目の前にあったヒップが視界から落ち、彼女は膝を折って床に坐り込んだ。

「むう……むふっ――はあ」

口を塞いでいたものが落ちたらしい。人妻はしばらく肩を上下させ、キッチンに気怠い息づかいを響かせた。

5

食卓のほうに移動したいと言ったのは亜佐美だった。しかも、下半身をすべて脱いだままで。

さすがにまずいのではないかと、雅史は躊躇した。けれど、

「だいじょうぶです。リコは一度眠ったら、三時間は目を覚ましませんから」

彼女にそう断言されたら拒めない。こちらから淫らな行為を持ちかけた手前、断りづらいところもあった。

とは言え、亜佐美の発言を鵜呑《うの》みにしたわけではない。

（ひょっとしたら、もっとスリルを味わいたくて、大胆になってるのかも）

疑念は残るが、言うとおりにするしかなかった。

「ここに坐ってください」

言われて、雅史は食卓の椅子《いす》に腰かけようとした。ところが、

「あ、待って」

寸前で制止され、彼女が前に跪《ひざまず》いた。

ベルトに手をかけられ、何をされるのか理解する。坐る前に、ズボンを脱がせるつもりなのだ。おそらくブリーフも。

亜佐美ともセックスをしたかったから、脱ぐのはかまわない。けれど、子供部屋で眠る幼女に見つからないよう、キッチンカウンターの向こうで交わるつもりでいたのだ。

「本当にだいじょうぶなんですか?」

不安になって訊ねても、亜佐美はこちらをチラッと見あげただけで、何も言わない。しつこいと咎められている気がして、雅史は口を閉じるしかなかった。

そのくせ、牡のシンボルは猛々しさをキープしている。

「まあ」

ズボンとブリーフをまとめて引き下ろし、反り返る肉根を目の当たりにした人妻が、目を見開く。途端に、雅史は激しい羞恥にまみれた。

(おれ、亜佐美さんにチンポを見られた――)

圭衣子の前で勃起を晒したときよりも居たたまれないのは、お隣の奥さんという近しい存在だからだ。しかも、ご近所関係は今後も続くのである。

まあ、亜佐美だって恥ずかしいところを見られたのだし、おあいこと言えばそうなのであるが。

「もうこんなに大きくなってたんですか？」

エレクト状態を口にされても、弁明などできない。見たままであり、他に付け加えることはなかった。

脱いだものを足先から奪われ、彼女と同じく下だけすっぽんぽんになる。ただ、エプロンがないから性器がまる見えで、こっちのほうがみっともない。

「坐ってください」

雅史が改めて椅子に尻を乗せると、亜佐美も隣に腰かけた。

子供部屋のほうから見れば、ふたりの下半身は食卓の陰になっている。直ちにバレることはないにせよ、近づいてこられたらアウトだ。

まして寝起きの幼稚園児が、たとえ来るなと命じられても、素直に従うとは思えなかった。むしろ、ふたりで何をしているのかと、興味津々で接近してくるに違いない。

そこまで考えて不安が募り、勃起が力を失いかける。ところが、人妻の指が巻きついて、萎《な》える間を与えられなかった。

「むうう」

柔らかな手で、しっとりと包み込まれる。ずっと昂奮状態にあったために、快さが染み入るようであった。

その一方で、申し訳なさも覚える。握られた感触から、筒肉がベタついているのがわかったからだ。散歩のあとで汗もかいていたし、カウパー腺液《せんえき》も多量にこぼしたのである。

亜佐美は厭《いと》う様子など見せず、絡めた指を上下に動かす。がっちりと根を張ってそそり立つ秘根を、濡れた目で見つめた。

「元気なんですね」

褒めているとも、あきれているともとれる言葉に、身の縮む思いがする。それでいて、ペニスは縮むどころか、ますます威張りくさった。

「小暮さんって、四十代ですよね」

「はい……四十三です」

「なのに、こんなに元気になるってことは、普段はどうなさってるんですか？」

唐突な質問に、雅史は面喰らった。

「え、普段って?」

「奥様がいらっしゃらないわけですから、こうなったときにどうしているのかと思って」

性処理の方法を訊かれているとわかり、さすがにうろたえる。

「いや、まあ、それは適当に」

はぐらかしたのは、いい年をしてオナニーをしているなんてことを、隣の奥さんに知られたくなかったからだ。ところが、曖昧《あいまい》な返答では、彼女は疑問を引っ込めてくれなかった。

「適当にって、誰彼かまわず女性を引っ張り込んでるんですか?」

「ま、まさか」

焦って否定すると、亜佐美が納得顔でうなずく。

「そうですよね。そんな様子はありませんから」

彼女は隣に住んでいて、しかも専業主婦だ。妙な動きがあれば察するに違いない。べつに意識して見張っていなくても。

(わかっているのなら、訊く必要はないのに)

どうも誘導されている気がする。もしかしたら自慰を告白させて、辱めようとしていたのではないか。おしりの穴を舐められ、絶頂させられたお返しに。

しかし、亜佐美は年上の男に言わせるのではなく、自ら恥ずかしい指摘をした。

「じゃあ、自分でなさっているんですね。こんなふうに」

手を大きく動かして、さらなる悦《よろこ》びをもたらす。雅史はたまらずのけ反り、太い鼻息をこぼした。

「あ、亜佐美さん」

「すごく硬いですよ。これだと毎日出さないと、収まりがつかないんじゃありませんか？」

さすがにそこまで頻繁ではなくても、週の半分以上は射精している。もちろん自らの手を用いてだ。離婚して落ち込んでいたときですら、そうだったのだ。

雅史が否定も肯定もしなかったのは、ヘタなことを口にして、プライベートを暴かれるのを恐れたからである。

幸いにも、彼女はそれ以上追及しなかった。その代わりでもないのだろうが、雅史の脚を開かせ、牡の急所にもう一方の手を添える。

「あ、あっ、ううう」

睾丸《こうがん》を転がすようにさすられ、ムズムズする気持ちよさが生じる。膝がどうしようもなく震えた。

「キンタマも大きいわ」

エプロン姿の人妻が、はしたない単語を口にする。

（亜佐美さんが、そんなことを言うなんて！）

絶頂場面を目撃したあとでも、清楚な奥さんという印象が強かったから、とても信じられなかった。もしかしたら、幼稚園のママ友との会話でも、シモの話題は普通なのだろうか。

「これだと、精子もいっぱい出そうですね」

などと言いながら、両手を巧みに操って、雅史に狂おしい愉悦を与える。それこそ、子種をたくさん出させようとするかのごとくに。

（気持ちよすぎる……）

このテクニックは、閨房《けいぼう》で身につけたのであろうか。

一方的に施しをされるのは間が持たず、雅史は彼女のほうに手をのばした。エプロンの下に差し入れ、シルクのような肌を撫でる。

ところが、さらに奥まったところに侵入を試みると、太腿をぴったりと閉じて許さなかった。おまけに、おいたをする子供を咎めるみたいに睨んでくる。今はわたしの番よと、無言の圧力をかけられた気がした。

仕方なく諦め、むちむちしたお肉の感触を味わっていると、

「……いつもしてるんですか？」

再び質問が投げかけられる。

「え、いつもって？」

「女性とするときは、いつもおしりの穴を舐めるんですか？」

さっきの行為を蒸し返され、頬が熱くなる。

「いや、いつもじゃないです。ていうか、さっきが初めてです。たぶん」

「だったら、どうしてしたんですか？」

「ええと、亜佐美さんのおしりの穴が可愛くて、つい」

この返答に、亜佐美は納得し難いというふうに顔をしかめた。

「可愛いって……キタナイところなのに」

非難され、雅史は反射的にかぶりを振った。

「そんなことありません。特に匂いもしなかったし」

余計なことを言ってしまい、また睨まれる。正直すぎる恥臭を嗅がれたことに、
今さら気がついたのか、亜佐美が目許《めもと》を恥じらい色に染めた。

「小暮さんって、けっこうヘンタイさんなんですね」

なじられても、何も言い返せない。ただ、雅史のほうにも気になることがあった。

「亜佐美さんは、旦那さんに舐められたことがないんですか？」

「え？」

「いや、おしりの穴を」

「あ、ありません！　夫に限らず、誰からも」

頭から否定されても、納得できなかった。

「そのわりに感じてたみたいですけど」

「感じて——そ、それは、わたしだってわかりません。最初はくすぐったいだけだったのに、だんだんよくなって、その……」

亜佐美が涙目になり、鼻をクスンとする。上目づかいで見つめられ、雅史は胸が締めつけられるのを覚えた。恥じらう隣妻が、やけに愛らしかったのだ。

「……小暮さんが、わたしを目覚めさせたんですよ」

甘える声で責められて、ドキドキが止まらなくなる。

「だったら光栄です」

彼女を抱きしめたくてたまらない。けれど、そうしようとする前に、目の前から姿がすっと消えた。

(あれ？)

何が起こったのかと混乱する。しかし、亜佐美は消えたわけではなかった。雅史の股間に顔を伏せたのである。

チュパッ――。

軽やかな舌鼓が聞こえたのとほぼ同時に、ゾクッとする快美が背すじを駆けのぼる。

「うああ」

雅史は堪えようもなく声をあげた。すぐに歯を食い縛ったのは、子供部屋の幼女を起こしたらまずいと気がついたからだ。

それでも、舌をてろてろと動かされ、鼻息が絶え間なく吹きこぼれる。

(うう、そんな……)

圭衣子のときは回避できたのに、洗っていない分身をしゃぶられてしまった。快感と同じぐらいに罪悪感がこみ上げ、感情がどっちつかずに分裂する。

それでも、時間の経過とともにためらいが薄らぐ。隣の椅子で左右にくねる艶尻を見おろし、劣情が高まった。

「ん……ンふ」

せわしなく息をこぼしながら、亜佐美が熱心に吸茎する。舌を巻きつけてヌルヌルと動かすなど、男の求めを敏感に察したフェラチオに、雅史は翻弄《ほんろう》された。

(旦那さんのチンポも、こんなふうにしゃぶってあげてるんだろうか)

ここまで奉仕されてもかまってあげないのだとしたら、それは夫の罪である。妻を寝取られても文句は言えまい。

などと、自らの立場を正当化したところで、亜佐美が顔をあげた。

「ふう……」

ひと息ついた彼女の唇は、濡れて赤みを増している。やけに色っぽくて、吸い込まれそうな心地がした。

「小暮さんのおチンポ、美味しかったです」

そう言って、人妻が思わせぶりに目を細める。淫らな発言で辱められても、今は妙にゾクゾクした。

「亜佐美さんのも美味しかったですよ。アソコもおしりの穴も」

お返しをすると、彼女が手にした強ばりをギュッと握る。「もう」と頰をふくらませ、乱暴に雅史をしごいた。

「ちょ、ちょっと、亜佐美さん。あ――」

「ヘンなことを言う小暮さんが悪いんですよ」

「すみません……でも、そんなにされたら出ちゃいます」

顔を歪めて窮状を訴えると、手の動きが緩やかになる。

「まだダメですよ」

亜佐美は優しく咎めると、食卓からキッチンのほうを見回した。どこでしょうかと考えているのだ。

（できれば横になりたいけど……）

リビングの床なら、マットがあって寝心地もよさそうだ。けれど、子供部屋に近すぎる。食卓も、リコが起きてきたら直ちに見つかってしまう。

やっぱりキッチンかなと思ったとき、亜佐美もうなずいた。

「こっちに来てください」

手ではなくペニスを引いて、カウンターの向こうに戻る。さすがに男女の交配を目撃されたらまずいと考えたようだ。

彼女はシンクの縁に両手をつくと、雅史にツヤツヤのおしりを向けた。

「挿れてください」

頬を赤らめておねだりする。腰を折り、脚も大きく開いた。

エプロン姿で、尻だけを丸出しにした人妻。煽情的すぎる眺めに、雅史の心臓は壊れそうに高鳴った。

「わかりました」

反り返る己身を前に傾け、女体の中心を目がけて進む。秘め谷に穂先が触れると、熱いヌメりが感じられた。

すると、亜佐美が焦りを浮かべて振り返る。

「あ、あの——」

「え？」

「……最後は、外に出してくださいね」

膣内にザーメンを注がれたくないのだ。雅史とて、隣の奥さんを孕ませる趣味はない。

「わかりました」

約束して、じわじわと進む。淫棒の切っ先が狭い入り口を圧《お》し広げ、少しずつ侵入した。

「あ、あ、来る」

亜佐美が総身を震わせる。声音に不安が感じられるのは、久しぶりに男を受け容れるためなのか。

ぬるん——。

亀頭の裾野が、膣口を乗り越える。

「ああっ」

のけ反って声をあげた彼女は、調理台にあった布巾を摑み、口に入れて嚙み締めた。

「うう、ううっ」

なおも蜜窟に侵入され、亜佐美が頭をイヤイヤと振って呻く。漲りを限界まで送り込み、下腹と臀部が重なると、彼女はようやくひと息ついた。

「むふぅ」

体内のモノを確認するみたいに、臀部の筋肉を幾度もすぼめる。それに合わせて膣が締まり、雅史はたまらず「あうう」と呻いた。

（ああ、入った）

柔らかくてヌルヌルしたものが、敏感な器官にまつわりつく。うっとりする快さに腰が震えた。

離婚して以来、ふたり目の女性。そして、ふたり目の人妻だ。どちらもポップを散歩させたときに、こういうことになったのである。

（ポップは恋のキューピッドなのかな？）

あり得ないことを考えつつ、腰をそろそろと引く。ヒップの切れ込みに現れた陽根は、血管の浮いた胴体に白い粘つきをこびりつかせていた。

卑猥な眺めに胸をはずませ、はみ出したぶんを蜜穴に戻す。最初はゆっくりした抽送だったが、次第に速度を上げた。

「……んッ、んふっ、ふふふぅ」

亜佐美の喘ぎ声がはずみ出す。濡れた内部をかき回せば、ぬちゅぬちゅと卑猥な音がこぼれた。

（うう、気持ちいい）

半裸エプロンの人妻をバックから攻めるというシチュエーションも、興奮を高めてくれる。しかもここはキッチンだ。まさしくお膳立《ぜんだ》てが整っていた。

おかげで、ピストン運動にも熱が入る。

パンパンパン……ぱつン――。

腰を勢いよくぶつければ、湿った打擲《ちょうちゃく》音がキッチンにこだまする。濡れ穴で摩擦される分身は蕩ける愉悦に溺れ、快感が右肩上がりに高まった。

「ンうぅ、ううっ、むぅ」

亜佐美が呻く。思い切り声が出せないためか、どこか焦れったそうだ。

これは彼女のために始めたことなのだ。どうすれば感じるかと、雅史は挿入角度や深さ、リズムも変えて、反応を見極めた。

「んっ、んっ、んんんッ」

工夫した甲斐あって、彼女もかなり高まってきた様子だ。けれど、なかなか頂上に至らない。

（これは時間がかかりそうだぞ）

もしかしたら娘が気になって、セックスに集中できないのか。それとも、膣感覚がそこまで目覚めていないのか。三十四歳で人妻でも、女性の感じ方には個人差がかなりあると聞いたことがある。

ただ、クンニリングスで昇りつめるのは早かったなと思い出すなり、突破口を見出す。

（あ、待てよ）

分身を出し挿れしながら、雅史は指を咥えて唾液をたっぷりとまといつけた。それを尻の谷底、秘肛のツボミに忍ばせる。

「むひッ！」

亜佐美が裸の下半身をはずませる。臀裂がキュッと閉じ、指を挟み込んだ。それにもかまわず、放射状のシワをヌルヌルとこする。

「ふはっ」

息が続かなくなったのか、彼女は口を塞いでいた布巾を吐き出した。

「だ、ダメ……おしり、ダメぇええええっ！」

嬌声がほとばしり、女体があられもなくくねる。このまま乱れ続けたら、本当にリコが起きてしまう。

早急に絶頂させるべく、雅史は膣とアヌスの二箇所を気ぜわしく攻めた。それにより、亜佐美が快楽の極みへと駆けあがる。

「イヤイヤ、ダメ――い、イク、イッちゃう」

歓喜にすすり泣く人妻を激しく責め苛むことで、雅史自身もいよいよ危うくなった。

（もう少しだ――）

忍耐を振り絞ったために、力の加減がわからなくなる。気がつけば、指が第一関節まで直腸に入り込んでいた。

結果的に、それがオルガスムスを呼び込んだようである。

「イクイクイク、イクッ、あああああっ！」

のけ反って絶叫した亜佐美の膣から、雅史は陽根を引き抜いた。白い淫液がまといついたものを猛然としごけば、めくるめく瞬間が訪れる。

「うううっ」

呻いて、白濁の汁をしぶかせる。それは艶やかな丸みに降りかかり、のたくって淫らな模様を描いた。

（ああ、すごい）

ザーメンが尿道を通過するたびに、ビクッ、ビクッとからだのあちこちが痙攣する。最後は自らの手で果てたのに、雅史は深い満足感にひたった。

「あふっ、ふう、ううぅ……」

脱力した人妻が膝を折る。シンクに摑まったままずるずるとからだの位置を下げ、床に坐り込んだ。

そんな彼女見おろしながら、分身に巻きつけた指を強く締め、尿道に残った欲望の残滓《ざんし》を絞り出す。やや水っぽい雫《しずく》が、鈴口からトロっと滴った。

亜佐美は坐り込んだまま、なかなか立ちあがれない様子だ。よがり声も大きかったし、凄《すさ》まじい快感だったようである。

（おしりの穴で、あんなに感じるなんて……）

舐められたのは、今日が初めてだと言っていた。そうすると、やはり自分が目覚めさせたということになるのか。

アヌスを犯した指を観察すれば、特に付着物は見られない。だが、鼻先に寄せると、日向《ひなた》に置きっぱなしにしたヨーグルトみたいな、悩ましい臭気があった。

（これが亜佐美さんの、おしりの中の匂い――）

隣の奥さんの、まさに究極のプライバシーだ。夫も知らないであろう秘密を暴いて、昂りがぶり返す。

ヒクン――。

萎えつつあるペニスが、浅ましく脈打った。

そのとき、キッチンのほうに入り込んできたものを視界の端に捉え、心臓が止まりそうになる。

（え、リコちゃん⁉）

大いに焦ったものの、それはポップであった。

(なんだよ……また見られちゃったな)

安堵して膝を折り、尻尾を振る愛犬の頭を撫でる。ふと思いついて、亜佐美の肛門に入った指を嗅がせてみた。

彼はクンクンと鼻を鳴らしたあと、戸惑うように後ずさりし、リビングのほうへ行ってしまった。

第三章　舐められたい娘

1

最近、ポップがドッグフードを食べなくなった。かと言って、食欲が失せたわけではない。

おやつを出すと、その場でぐるぐると回るほど喜ぶ。雅史が食事をするときには、何かくれと言いたげに脇でお坐りをする。味つけをしていないささみ肉などをあげると、ちゃんと食べるのだ。

どうやら、今のドッグフードに飽きたようである。

これは以前にもあった。家に来たときからずっとあげていたドッグフードを、ある日突然見向きもしなくなったのだ。味つけ用のトッピングフードをかけても駄目で、ショップで何種類か買って試した結果、ようやく食べてくれるものを見つけたのである。

それがまた、口に合わなくなったというのか。

（まったく、贅沢なやつだ）

甘やかしすぎたかなと思っても、可愛い目でおねだりをされたら、なんとかしてあげたくなる。犬というのは女と同じだなと、雅史は思った。

まあ、ポップはオスなのであるが。

その日の午後、雅史はポップを散歩させるついでに、ペットショップへ向かった。彼が食べてくれそうなフードを探すために。

途中、例の古いアパートの前を通りかかる。訳ありげな和風美女と出会ったところだ。

（あのひと、やっぱりここに住んでるのかな……）

先週、一度会ったきりなのである。気になるのは、パンチラを目撃したのに加え、幽霊かもしれないと考え、怯えてしまったせいだ。

その同じ日に、お隣の奥さんと淫らな行為に耽《ふけ》ったことも思い出す。スリル満点のキッチンセックスと比べれば、忘れてもいいような、どうということのない出来事だった。

もしかしたら、人妻との関係がまたも一度きりで終わったために、他の女性を求めてしまうのかもしれない。

何しろお隣さんだから、亜佐美と顔を合わせる機会はいくらでもある。交わった二日後にも、家の前でリコと一緒にいた彼女に遭遇した。

散歩帰りでポップを連れていたから、幼女が笑顔で寄ってきた。そのあとに続いた亜佐美は、雅史と目が合うと会釈しただけで、あとは最後に挨拶を交わすまで何も言わなかった。

もっとも、彼女は娘に悟られぬよう鼻先に人差し指を立て、目配せをしたのである。《あのことは秘密よ》と、念を押すみたいに。

以来、思わせぶりな態度を示されたことはない。もう一度というつもりは、亜佐美にはまったくないようだ。

人妻との関係は長く続かないと、雅史とてわかっている。お隣さんと修羅場を演じたくないし、まして幼い子供がいるのだ。自身も健やかな家庭を築きたいと願っている以上、不毛な繋がりを求めるべきではない。

そう思っていた昨晩、遅くまで仕事をしていた雅史は、思いもよらない声を聞いたのである。それはお隣から洩れる、夫婦の睦言《むつごと》であった。

今の家に住んで以来、そういう物音を耳にしたことはなかった。その他の生活音や、子供の笑い声は聞こえたから、やはり夫婦の営みから遠ざかっていたのであろう。

ともあれ、生活音どころではない性活音に、雅史はドキッとした。いけないと思いつつ耳をそばだてていたら、

『いやぁ、おしりぃ』

と、亜佐美のなまめかしい声が聞こえたのである。

はっきり聞き取れたわけではないので、本当にそう言ったのかどうかわからない。けれど、あれが空耳ではなかったとすれば、人妻は夫にアヌスを愛撫され、よがっていたことになる。

そんなにおしりが好きになったのか——?

だとすれば、雅史に目覚めさせられたせいなのだ。そのため、夫に求める決心がついたのかもしれない。

スリルを求めたあのひとときが、結果的に夫婦仲を取り持ったようである。リコに弟か妹ができる日も遠くあるまい。

そこまで貢献したのに、自分は何も得ていない。フェラチオやセックスが気持ちよかったのは確かながら、快楽を共有した女性が他の男としている声を聞かされ、虚しさが募った。

だからこそ、すっぱり諦めて、吹っ切らなければならないと思った。次に進むためにも。

この古いアパートの前で見かけた女性が気になるのは、そのことも関係しているのであろう。

それはともかくとして、少々気になることがある。

離婚前は、雅史たち夫婦もそこそこ励んでいた。どちらも仕事は夜だったから、昼間することが多かったのだ。

元妻は、妊娠は計画的にしたいからと、避妊を徹底した。雅史は安全日でもコンドームを着けさせられた。だからこそ、他の男の子供を宿したことに、多大なショックを受けたのである。

ともあれ、行為のとき、元妻はけっこう声を出していた。昼間だから車も走っていたし、外には様々な音が溢れていた。そのため、聞こえまいとたかをくくっていたのであるが、

（ひょっとして、おれたちのアレも、隣に聞かれていたんだろうか？）

昼間だと、夫は仕事で娘は幼稚園だから、藍沢家にいたのは亜佐美だけだ。洗濯物や布団を干すのにベランダに出れば、こっちの寝室は目の前である。

もしかしたらそのことを思い出して、彼女はああして誘うような振る舞いをしたのだろうか。昼間から妻を抱く男なら、自分ともしてくれるのではないかと期待して。

いや、さすがに勘繰りすぎか。

何にせよ、亜佐美と淫らな行為に及ぶことは二度とあるまい。今度は人妻ではなく、独身の女性と親しくなろう。

「ワン!」

珍しくポップが吠《ほ》えた。雅史が立ち止まって動かなくなかったから、早く行こうと急かしたのか。

「わかったよ」

答えて、廃墟じみたアパートをもう一度見あげたとき、

(あれ?)

雅史はドキッとした。二階端の部屋のカーテンが、揺れた気がしたのだ。

(ひょっとして、あの部屋にあのひとが?)

それはいかにも古めかしい、白いカーテンだ。ちゃんとしたカーテンレールではなく、紐か針金にでも吊《つ》るしてあるかに見える。

目を凝らしても、再びそれが動く気配はなかった。光の反射か何かで、揺れたように見えた可能性もある。

でなければ、人間ではない何者かが、存在を知らせるために合図を送ってきたとでもいうのか。

またも霊的なものを想像してしまい、落ち着かなくなる。アパートの不気味な佇まいにも背すじが寒くなるのを覚え、雅史は足早にその場を離れた。

2

ポップを迎えたところでもあるペットショップに到着すると、真っ直ぐドッグフードの並んだ棚に向かった。

「おい、どれなら食べるんだよ?」

訊ねても、ポップは落ち着かなくキョロキョロして、尻尾を振るばかり。ご飯を買ってもらえるとわかっているようながら、協力は望めそうになかった。

仕方なく、どれがいいかなと物色していると、

「あら、ポップ」

はずんだ声がする。途端に、持っていたリードを強く引っ張られた。ポップが声の主のほうに駆け出したのだ。

「おい、こら」

手に持っていた商品を急いで棚に戻し、彼が進む方向に付き合う。その先にいたのは、ショップ店員の向居《むかい》立華《りっか》だった。

長く店にいたためか、ポップはここへ来るとかなりテンションが上がる。従業員は白のポロシャツにベージュのパンツというお揃いの服装だが、どの店員にも尻尾を振った。かまってもらえると昂奮気味に、ハッハッと舌を出す。

そのポップが、一番大好きなのが立華である。雅史に飼われる前、店にいたときに世話をしたのが、彼女だったらしい。

ポップを家に迎える手続きのとき、担当したのも立華だった。犬を飼うのが初めての雅史に、世話の仕方ばかりでなく、予防接種や検診など、必要になることも丁寧に教えてくれた。

彼女は二十代の半ばぐらいであろう。知識が豊富で、雅史の質問にも迷いなく答えた。おまけに、何か困ったことがあったら電話してくださいと、プライベートの携帯番号まで教えてくれたのだ。

ポップを連れて帰るとき、バイバイと手を振った立華は、涙ぐんでいた。単なる売り物ではなく、大事に育てて可愛がっていたのだ。

そのとき、雅史は彼女のためにも、しっかりポップの面倒を見なくちゃと決意したのである。

それから半年以上が過ぎたのに、ポップは立華を忘れなかった。今でもショップに来て彼女を見つけると、喜び勇んで駆け出すのだ。

「元気にしてた？　ポップ」

立華がしゃがんで迎えると、飛びついて顔を舐めまくる。それこそ千切れんばかりに尻尾を振った。

「すみません。いつもいつも」

雅史が謝ると、「いいえ」と明るい笑顔を見せてくれる。ぱっちりした目が、笑うと三日月型に細くなるのがチャーミングだ。

「今日はお買い物ですか？」

「ええ、ドッグフードを。これまで食べていたやつを、食べなくなったもので」

「あら、そうなんですか。今は何をあげてるんですか？」

「ええと――」

雅史は棚に戻り、ポップが食べなくなったフードを指差した。

「これです」

「トッピングのソースは試されましたか？」

「ソースだけ舐めて、フードには口をつけないんです」

「じゃあ、本当に飽きちゃったのかしら」

首をかしげた立華に、雅史はふと不安になった。

「おれのあげ方がまずかったのかな？」

「そんなことありませんよ。好きだったはずのフードを食べなくなることって、けっこうあるんです」

「そうなんですか？」

「わたしたちだって、毎日同じものばかり食べていたら飽きちゃいますよね。それといっしょですよ」

朗らかに言ってもらえて、雅史は安心できた。

「小暮さんが最初に買ったドッグフードは、これとは違うものですよね？」

「ええ。こちらで勧められたものを、ぬるま湯でふやかしてあげてました」

「それはいつ頃まで食べてました？」

「ええと……去勢手術の前ぐらいまでかな。ふやかしたのが嫌なのかと思って、そのまま出してみたんですけど、やっぱり食べなくて」

　そのときも、何種類か試したことを彼女に伝えた。

「こっちはカリカリタイプですよね。最初から食いつきはよかったですか？」

「んー、食いつきがいいってほどじゃなかったかも。出されたから食べるみたいな感じで」

「缶のタイプもあげましたか？」

「何回か。そっちは好き嫌いがけっこうあるみたいで、ビーフはすぐに食べなくなったけど、チキンは好きですね。ただ、ずっとやっていたらすぐに飽きそうな気がして、たまにしかあげてないです」

　雅史の話を、立華はうなずきながら聞いてくれた。

「ポップは去勢手術をしたんですものね。太りやすくなるっていいますから、カロリーを気にしたほうがいいですし……」

　つぶやくように言ってから、両手をパチンと合わせる。

「小暮さん、お時間ありますか？」

「ああ、はい」

「わたし、今日は早上がりなので、ウチに来ませんか？　わたしも犬を飼っていて、ウチにフードが何種類かあるんです。合うのがあるか試してみましょう」

「え、いいんですか？」

「はい。それに、ウチの子がポップとお友達になってくれたら、わたしもうれしいですから」

店のお客に過ぎない男を、家にまで招いてくれるなんて。なんて面倒見がいいのだろう。

雅史は感激し、「是非お願いします」と頭を下げた。

まだ若いし、結婚指輪もしていないから、立華はきっと独身だ。そのお宅に招かれるのである。

だからと言って、妙な期待など抱いてはいなかった。

何しろ年が違いすぎる。おそらく二十歳近くは離れている。彼女からすれば、こっちはくたびれたオジサンなのだ。

そもそも、若い娘に気に入られるような要素など、何ひとつない。

（ようするに、ポップの飼い主だから親切にしてくれるんだよな）

夫に満足していなかった人妻たちとは根本的に違う。

立華の住まいは、店から歩いて行ける距離にあった。小綺麗なマンションで、聞けばペット可の物件だという。

「お店でもお世話はしてますけど、自分でも犬を飼いたくなって、引っ越したんです。半年ぐらい前に」

そうすると、ポップが売れたあとなのか。可愛がっていた子が店からいなくなって、寂しくなったのかもしれない。

まあ、売れ残ったら、それはそれで困るのであろうが。

間取りは２ＬＤＫと、けっこう広い。犬のケージは、リビングに置いてあった。

亜佐美のところと同じように、リビングの床にはジョイントマットが敷き詰めてある。フローリングだと犬の足が滑るからだろう。

「これがウチの子です」

留守番をしていた小型犬を、立華が抱きあげて紹介してくれる。トイプードルであった。

「名前はなんていうの？」

「ベターです」

「え、バター？」

「違います。ベターです」

「あ――」

　雅史が聞き間違えたのは、不意にあることを思い出したからである。女性が秘部にバターを塗り、舐めさせて快感を得るという話を。

　本当にそんなことをする女性がいるのかどうかわからない。ただ、バター犬という名称は、下世話なネタとしてよく知られている。ここが独身女性の部屋ということもあって、つい失礼な想像をしてしまったのだ。

　もっとも、まだ若い立華は、バター犬なんて知らないだろう。単なる聞き間違いだと解釈してくれたようだ。

「ベターは女の子なんですよ」

　言われて、だったらバター犬は無理かと考える。アソコを舐めさせるのなら、やはりオス犬であろうから。

「可愛いね」

　雅史がベターを褒めたのは、妙なことを考えたお詫《わ》びでも、単なる社交辞令でもなかった。ポップもトイプードルとポメラニアンのハーフであり、共通するまん丸な目が愛らしかったのだ。

「ありがとうございます。ほら、ポップ。ベターとお友達になってちょうだい」

床でお坐りをしていたポップの前に、立華がベターを置く。二匹は鼻を寄せ合い、クンクンと匂いを嗅いだ。

「仲良くなれそうね」

ニッコリ笑った若い娘は、ペットショップを出る前に制服を着替えて、今はミニスカートを穿いていた。ここへ来るまでのあいだも、健康的なナマ脚にドキドキさせられたのである。ちなみに、上は薄手のパーカーだ。

「あ、それじゃあゴハンを」

立華がケージの脇にあった大きなバスケットを開ける。中には犬用のフードやおやつが何種類も入っていた。

「ポップが食べなくなったのって、これですよね」

選び出されたものに、雅史は「ええ」とうなずいた。彼女はそれをひと口ぶんだけ手のひらに載せる。

「おいで、ポップ」

呼ばれて、ポップがトコトコと歩み寄る。立華が差し出したフードを、少しも迷わずに食べた。

（いや、何でだよ？）

家では見向きもしなかったのに、可愛い女の子に与えられたら口にするなんて。これもオスゆえなのか。

「あー、いちおう食べますね。そんなに美味しそうじゃないですけど」

立華がなるほどという顔をする。犬の表情やしぐさを読み取っているようだ。さらに、別のフードも手に取る。カリカリタイプのもので、そちらは匂いを嗅いだだけで、ポップは食べなかった。女の子の手からなら、何でも食べるわけではないらしい。

何種類か試したあと、彼女がうなずいた。

「ポップはソフトタイプがお好みみたいね。ウチのベターもそうなの。でも、ベターと同じものは好きじゃないみたい」

「じゃあ、何か他のものを？」

「ええと、待っててください」

立華が再びバスケットの中を漁《あさ》る。雅史は床に坐ってポップの相手をしながら、何気なく彼女のほうを見た。

（え――）

心臓が高鳴る。前屈みになっておしりを突き出した娘の、ミニスカートの後ろがかなり持ちあがっていたからだ。

さすがに下着は見えなかった。けれど、意外とむっちりした太腿の裏側が、ほぼ付け根近くまで覗けたのである。

白い肌は、触れずともスベスベであるとわかる。きっとミルクのような甘い香りがするのだろう。

若い肌の眩《まぶ》しさに、青春時代に戻った気分を味わう。もっとも、その頃は異性との親密な付き合いを経験しなかったから、甘酸っぱい感傷に過ぎなかった。

「あ、これこれ」

立華が小さな袋を取り出す。こちらに向き直ったものだから、雅史は焦って視線を逸らした。下半身に見とれていたのを悟られないように。

「これ、前に試供品でもらったんです。ベターは見向きもしなかったけど、ポップはどうかしら」

そのフードは小さな立方体で、ソフトタイプのようだ。立華が手に載せて前に出すと、ポップはすぐに食いついた。

「うん。気に入ったみたいですね」

すると、興味を惹かれたのか、ベターも寄ってくる。割り込んで、飼い主の手にあったフードを口に入れた。

「あら、前は食べなかったのに」

立華はフードをお皿に入れて、ふたりの前に置いた。揃ってパクつく姿に、頬を緩める。

「こういうことってあるんですよね。他の子が食べてるのを見てほしくなったり。あと、匂いを嗅ぐだけでやめちゃっても、一度食べたら気に入るとか」

彼女の解説に、雅史はなるほどとうなずきながらも落ち着かなかった。

（わざとじゃないよな……）

立華は雅史の向かい側にいて、片膝を立てていた。そのため、白いパンティが見えたのだ。それも、股間に喰い込んで、いやらしい縦ジワを刻んだクロッチ部分が。

中心がほんのり黄ばんでいるようなのは、シワの陰影でそう見えるだけなのか。匂い立つような光景に、劣情が煽られる。

「これって、お店でも売ってるの？」

パンチラを窃視しているのを悟られないよう訊ねると、立華が首をかしげた。

「うーん、ウチには置いてなかったかも。あ、だけど、ネットで注文できるはずですよ」

彼女はスマホを手にし、検索を始めた。股間が無防備になっているのも気づかずに。

おかげで、雅史は長らく眼福の眺めを愉しんだ。

(まったく浅ましいな)

自らにあきれつつも、目が離せない。ふたりの人妻と関係を持ったことで、女性を見る目が格段にいやらしくなっているようだ。

「あ、ありました」

立華が言い、こちらに寄ってくる。パンチラが見られなくなってがっかりしたものの、隣に肩を寄せてきたものだからどぎまぎした。

「ここのサイトに売ってますよ」

そこは雅史もよく利用している、世界的に知られたネット通販のサイトだった。

「ああ、本当だ。ええと、何か書くものとかありますか?」

商品名をメモしようと思ったのであるが、

「そんなものいりませんよ」

彼女がスマホを操作する。

「スクリーンショットを撮ったから送りますね」

さすが若い世代だけあって、何でもデジタルで済ませるようだ。メモなんてアナログな方法は、もはや時代遅れらしい。

「小暮さんのスマホは何ですか？」

「ああ……これだけど」

少々型の古いものを取り出すと、立華が覗き込んだ。

「わたしのとキャリアが違いますね。それじゃあ、番号を教えてもらえますか？」

「ええと、０９０――」

彼女は番号をプッシュすると、さらに何やら打ち込んだ。

すると、雅史のスマホに着信がある。電話ではなくショートメールで、アドレスが記載されていた。

「それ、わたしのアドレスなので、空メールを送っていただけますか？」

「ああ、うん」

言われたとおりに操作すると、立華のスマホが着信音を鳴らす。

「あ、ＯＫです」

彼女は慣れた手つきで画面を操作し、ものの数秒で画像ファイル付きのメールを送り返してくれた。

「それで商品名とかわかりますよね？」

送られてきたスクリーンショットを確認し、雅史は「わかるよ。ありがとう」と礼を述べた。

「どういたしまして。これ、小暮さんの番号とアドレス、わたしが登録しちゃってだいじょうぶですか？」

「うん、もちろん。じゃあ、おれも登録していいのかな」

「はい。これでいつでも連絡できますね」

愛らしい笑顔を見せられて、胸がはずむ。彼女の電話番号は教えてもらっていたが、アドレスも知ることができたのだ。

（いつでも連絡できる、か……）

年が離れすぎているから、恋人にはなれない。それでも、こんな可愛らしい子と仲良くなれたのだ。

雅史は年甲斐もなくときめくのであった。

3

「ところで、ベターを飼い始めたのって、おれがポップを買ったせいなの?」

もしやと思っていた疑問を口にすると、立華はきょとんとした顔を見せた。

「え、どうしてですか?」

「いや、ポップを連れて帰るとき、寂しそうな顔をしてたから。なんか、涙ぐんでいたみたいだったし」

「あ――」

そのときのことを思い出したのか、彼女が気まずげにほほ笑んだ。

「あれは、お別れが寂しかったのは確かですけど、本当のところは安心してたんですよ。ちゃんと飼い主さんが見つかったから」

長く残っていたため、どうなるかと心配だったのだ。

「そうすると、単に自分も飼いたくなったってこと?」

「うーん。まあ、寂しくてっていうのは、たしかにあります。実家でも犬を飼ってるんですけど、仕事があってなかなか帰れないし」

「そうすると、実家で飼ってる子の代わり？」

「ていうか、彼氏の代わりですね」

その言葉にドキッとしたのは、やっぱりバター犬なのかと思ったからだ。

（まさか、舐めさせるだけじゃなくて交尾も？）

などと、マニアックすぎる妄想が浮かんだところで、ベターがメスだったことを思い出す。すると、立華が取り繕うように打ち明けた。

「わたし、彼氏と別れたんです。ポップが売れるちょっと前に」

これには、何と言えばいいのかわからず絶句する。つまり、男と別れた寂しさを癒やすために、犬を飼い始めたというのか。

（それじゃあ、おれと同じじゃないか）

雅史のほうも、独り身の寂しさに耐えられず、ポップを飼ったようなものなのだ。よって、彼女の心情は理解できる。

「彼氏とは、けっこう長い付き合いだったの？」

気になって訊ねると、立華が「そうですね」と言う。

「二十歳のときから付き合って、ええと、四年半ぐらいです」

そうすると、彼女は現在二十五歳なのか。もしかしたら将来の約束をしていたのかもしれないし、だったらショックは大きいであろう。

（四年半……ウチよりも長いじゃないか）

別れた妻とは、関係を持った日から数えても、三年ほどで終わったのである。結婚や離婚という書類上の手続きがなかったからといって、若いふたりの関係が軽いものとは決めつけられない。

「別れたのは、何か理由があって？」

「んー、すれ違いですね。ふたりとも仕事があって、わたしもそうだし彼氏のほうも、仕事とプライベートの折り合いをつけるのが難しくなって、なかなか会えないときが続いたりしましたから」

立華が勤めるペットショップは年中無休だから、休日も不定期なのではないか。彼氏のほうも似たようなもので、ふたりの時間がなかなか持てず、愛情を充分に育めなかったのかもしれない。

（なんか、おれたちと似てる気がするな……）

自分たちの結婚生活も似たり寄ったりだったなと、雅史は思った。それぞれが仕事をして、時間が合ったときのみふれあう毎日だった。

そうなったのはすべて元妻のせいだと、雅史は思い込んでいた。しかし、一概にそうとも言い切れないのではないか。

（おれがもう少し寄り添っていれば、あいつも他の男に移り気をせずに済んだのかも……）

後悔の念がこみ上げる。離婚に関して、自身の足りなかったところと向き合うのは、これが初めてであった。

「別れたときは、お互いに冷めた気になってたんですけど、いざ独りになったら、思ってた以上に彼が大きな存在だったことに気がついて……寂しくて、どうしようもなくなったときに、前々から飼いたいなと思ってたトイプーの子がお店に入って、ひと目惚れしちゃったんですよね」

そう言って、立華がチロッと舌を出す。

「よくないですよね。ペットショップに勤めているのに、そんないい加減な理由でペットを飼うなんて」

自虐的な笑みを浮かべた彼女に、雅史は「いや……」とかぶりを振った。

「わかるよ、その気持ち。おれも同じだから」

「え？」

「おれ、結婚してたんだけど、別れたんだ。ポップを飼いだしたのは、ひとりで寂しかったっていうのがあるんだよ」

恥でしかないことを打ち明けたのに、不思議と楽になれた気がした。もしかしたら、独りになった寂しさやつらさを誰かにわかってもらいたいと、無意識に願っていたのかもしれない。

すると、

「やっぱりそうだったんですね」

立華が納得した面持ちでうなずいたものだから、雅史は驚いた。

「え、やっぱりって?」

「小暮さんがウチの店にいらして、ポップに決められたとき、手続きがいろいろあったじゃないですか。それで、書類を記入するときに手を見たら、左手の薬指に指輪の跡があったのに気がついたんです」

あのときは離婚して、三ヶ月ぐらい経っていた。ただ、妻がいなくなったあとも、雅史はしばらく結婚指輪をつけたままでいたのだ。はずすのがなんだか忍びなくて。

そのため、日焼け跡が残っていたのではないか。

「あと、独身男性でペットを飼われる方は大勢いますけど、小暮さんは落ち着きがあって、他の方とは違ったんですよね。だから、以前に結婚されてたんじゃないかと思っていたんです」

接客業だけあって、なかなか観察眼が鋭いようだ。きちんと世話のできない、無責任なお客にペットを売るわけにはいかないから、常にしっかりと見ているのであろう。

「じゃあ、最初からバレてたわけか」

照れくさくなって、雅史は肩をすくめた。すると、立華が首を横に振る。

「バレたっていうより、通じるものがあったんですよ」

「え、通じるって？」

「小暮さんもわたしと同じだって、なんとなくわかったんです」

観察したからバツイチと判明したわけではなく、似たような経験をしたからこそ、境遇を察したというのか。

「この部屋にお招きしたのも、なんていうか、親しみを感じたからです。他のお客様と、電話番号やアドレスを交換することもありませんから」

ポップを買ったときも、彼女は何かあったらと、携帯番号を教えてくれた。雅史が初めて犬を飼うため、ポップを心配してだと思っていたが、気持ちを許した証だったらしい。

いや、それ以上に親密な感情を抱いたようだ。

立華がじっと見つめてくる。縋《すが》るような眼差しに、雅史は息苦しさを覚えた。

「まあ、向居さんは大丈夫だよ。まだ若いし、可愛いから、すぐにいい男が見つかるさ」

そんなことを言ったのは、この場を和ませるためであった。ところが、彼女が沈んだ面持ちを見せたものだから心配になる。

「え、どうしたの？」

「……わたし、不安なんです」

「何が？」

「また彼氏ができても、すぐに別れることになるんじゃないかって」

仕事が忙しいために、恋人との時間が作れないのが心配なのか。

「だけど、よく話し合って、お互いの仕事をきちんと理解しあえばいいんじゃないのかな。それに、忙しくて会えなくても、今はネットを使えば顔を見ながら話せるし、工夫次第でどうにでもできると思うよ」

雅史のアドバイスにも、立華の表情は晴れなかった。

「そういうことじゃないんです」

「へ？」

「わたしに女としての魅力がないから、男のひともすぐに飽きちゃうんじゃないかなって」

彼女が何を言っているのか、すぐには理解できなかった。

「魅力がないなんてことはないよ。可愛くて優しいし、面倒見もいいし、素敵な女の子だと思うけど」

「そういう意味じゃなくて、ちゃんと男のひとを歓ばせられないっていうか……別れた彼氏も、あんまり感じてくれなかったみたいで」

立華が上目づかいで、モジモジと身を揺する。それでようやくわかった。ベッドでの振る舞いのことを言っているのだと。

「い、いや、それこそまだ若いんだから、これから学んでいけばいいことじゃないのかな。経験を積めば、自然とできるようになるだろうし」

「経験……じゃあ、協力していただけますか？」

「え、協力？」

「どうすれば男性をキモチよくしてあげられるのか、教えてください」

立華がすり寄ってくる。雅史を見あげて瞼《まぶた》を閉じ、顎《あご》を持ちあげた。

くちづけを求めているのは、一目瞭然《いちもくりょうぜん》だった。愛らしい面差しと、ほのかに感じられる甘い香りに、雅史は頭がクラクラするのを覚えた。

(いや、いいのか?)

当然ながら迷いが生じる。遠慮なく据え膳をいただけるほど、欲望本意の人間ではないのだ。

まして、彼女とは十八も年が離れているのである。

けれど拒んだり、時間を空けすぎたりしたら、勇気を出した娘に恥をかかせることになる。

(男だろ、しっかりしろ)

キスぐらいでうろたえるなと、自らを叱りつける。

思い切って、立華の背中に腕を回す。抱き寄せると、大人の男らしく落ち着くよう言い聞かせ、唇を重ねた。

「ンふ……」

その瞬間、彼女が悩ましげに眉根を寄せ、身をくねらせる。けれど抗うことはなく、むしろ甘えるみたいに鼻を鳴らした。

（ああ、可愛い）

愛しさがこみ上げ、いっそう強く唇を押しつける。息が苦しくなったか、そこがほころんだのを逃さず、舌を差し入れた。

「うぅ」

小さく呻きつつも、小さな舌が歓迎してくれる。チロチロと先っちょ同士でくすぐり合い、徐々に深く絡ませてくれた。

若い娘とのくちづけに、雅史は夢中になった。ミルクのように甘い吐息と、サラサラした唾液が全身に染み渡り、年の差などどうでもよくなるほどの一体感を覚えたのだ。

「ふは――」

くちづけを解き、立華が大きく息をつく。甘える子犬みたいな、トロンとした目が見つめてきた。

「……わたし」

「え？」

「こんなにキモチのいいキス、初めてかも」

舌をもつれさせるように言うから、いじらしさに身悶《みもだ》えしたくなる。

「向居さん……」

「立華って呼んで」

「立華ちゃん、可愛いよ」

思いを込めて告げると、彼女が恥ずかしそうに目を伏せる。年齢よりも幼く感じさせるしぐさながら、二十五歳で男も知っているのだ。

「ううっ」

雅史が呻いたのは、快さを与えられたからである。

「あん、もうこんなに」

立華がつぶやく。彼女の手は、牡のシンボルをズボン越しに捉えていた。いつの間にかふくらんで、股間を突っ張らせていたものを。

（ああ、そんな……）

揉むようにさすられて、切ないまでの悦びが体幹を伝う。目がくらみ、鼻息が自然と荒くなった。

そのため、分身がいっそう伸びあがって硬くなる。

「こんなになって……苦しそうだわ」

立華がそっと身を剝がす。ちんまりした手でファスナーを下ろし、ズボンの前を開いた。

「脱いでもらってもいいですか？」

小首をかしげて訊ねられ、反射的にうなずく。すべてを見られるとわかっても、不思議と恥ずかしくなかった。むしろ、若い娘に牡の猛り見せつけたいと、変態じみた欲求がふくれあがっていた。

中のブリーフごと脱がそうとするのを、尻を浮かせて協力する。穂先がゴムに引っかかり、ぶるんと勢いよく反り返ったものだから、彼女は目を瞠った。

「あん、すごい」

その部分から目を離さず、引き下ろしたものを爪先から抜き取る。ついでにと思ったか、靴下も脱がされた。

下半身すっぽんぽんとなり、さすがに居たたまれなくなる。立華のほうは服を着たままだから、余計にみっともない気がした。

けれど、ピンとそそり立ったモノにしなやかな指が巻きついて、そんなことはどうでもよくなる。

「むふぅ」

ズボン越しとは比べものにならない気持ちよさに、熱い鼻息がこぼれる。女性にさわられるのは初めてではないのに、かつてなく感じてしまったのは、背徳感が著しいからだろう。

(やっぱり若いんだな)

手の感触が、人妻たちとは違う。どこか遠慮がちなのが焦れったいものの、一方で好ましく思えた。

(もしかしたら、あまり経験がないのかも)

四年半も付き合った恋人がいても、すれ違いが多くて別れたというから、セックスはそれほどこなしていないのではないか。だからこそ、ベッドでの振る舞いに自信が持てないのかもしれない。

もっとも、雅史とて経験豊富とは言えない。いくら彼女より年上でも、テクニックを伝えられるほどの技量はないのだ。

まあ、どこをどうすれば感じるのかぐらいなら、教えてあげられるけれど。

「小暮さんのオチンチン、すごく硬いですね」

手をそろそろと上下させながら、立華が言う。悩ましげに小さなため息をついたから、心からの感想だとわかった。

「そうかな？」

「はい。元カレのよりも、ずっと硬いです」

「立華ちゃんの元カレって、年上だったの？」

「二歳上です」

　では、まだ二十代ではないか。圭衣子にも夫より硬いと言われたが、今回は比較対象が遥《はる》かに若い。

　それは一面誇らしいが、いい年をして若い子にのぼせ上がっているために、ペニスがギンギンになっていると取られかねない。

「おれのがそんなに硬いのだとしたら、それは立華ちゃんの手が気持ちいいからだよ」

　これも圭衣子のときと同じく、相手の手柄にする。

「そんなことないです……」

　立華が恥じらって俯く。手の動きがリズミカルになったのは、照れ隠しではなかろうか。

「あ、ちょっと待って」

　彼女が握り直したところで、雅史は急いで制止させた。昇りつめそうになったわけではない。筒肉がベタついていることに気がついたのだ。

「え、どうしたんですか?」

「ウエットティッシュとかないかな?」

「ありますけど」

何に使うのかという顔で、立華がティッシュケースを渡してくれる。雅史は抜き取ったもので、素早く股間を拭いた。

「ちょっと汗をかいてたからさ」

と、言い訳を口にして。

立華にも渡して、指を拭かせる。そこまでしなくてもいいのにという顔を見せつつも、彼女は素直に従った。年上の言うことは聞かなければならないと思っているようだ。

改めて握ってもらうと、少しひんやりした手指が快い。

「好きなようにしごいてごらん」

促すと、たおやかな指でシコシコと摩擦する。その部分を真剣な面差しで見つめながら。

(真面目《まじめ》な子なんだな)

だからこそ、男と別れたのは自分が未熟なせいだと思い込んだのだろう。

「立華ちゃん、上手だよ。すごくいい」

褒めたのはお世辞ではない。健気な奉仕に胸打たれ、いつになく急角度で高まっていたのである。

「ありがとうございます。あの」

「ん、なに？」

「お口でしてもいいですか？」

普通は男のほうがしてくれと頼むのである。なのに、自分から許可を求めるなんて、あまりにいい子すぎる。

「もちろん」

歓迎すると、はにかんだ笑みを浮かべる。しゃぶりやすいように、雅史が脚を広げて坐り直すと、屹立の真上に顔を伏せた。

てろり――。

張り詰めた亀頭を舌が撫でる。電流に似た快美が背すじを駆け抜け、腰がガクンとはずんだ。

「ううう」

堪えようもなく呻くと、舌が回り出す。鈴口を中心に円を描くようにして、敏感な粘膜をねぶった。

（よすぎるよ、これ……）

くすぐったい気持ちよさに、雅史は身悶えた。さっき目撃したパンチラを脳裏に浮かべることで、いっそうたまらなくなる。

立華は少しずつ、牡の漲りを口の中へと迎えた。舌を休みなく動かしながら。

ここまでさせていいのだろうかという思いが湧いてくる。いくら彼女自身が望んだことでも、ひどく残酷な仕打ちに思えてきた。

「立華ちゃん、もういいよ」

声をかけると、舌が止まる。尖端《せんたん》をチュッと吸ってから、彼女が顔をあげた。

「え、どうかしたんですか？」

困惑げに眉をひそめられ、何と言えばいいのかわからなくなる。すると、立華が落胆をあらわにした。

「やっぱりそうなんですね」

「え？」

「わたしがヘタだから、キモチよくないんですね」

「ち、違うよ」

雅史は焦って否定した。

「そうじゃなくて、上手すぎてイキそうになったんだ」

「え、本当に？」

「そうだよ。ほら」

彼女の手の中で、秘茎をビクビクと脈打たせる。

「やん、すごい」

大きな目が、さらに見開かれた。

「わかるだろ？　もう危なくなってるんだ」

高まっていたのは確かながら、そこまで切羽詰まっていたわけではない。それでも、立華は素直に信じてくれた。

「そうなんですね……」

うなずいて、頬を緩める。手柄を立てた気分になっているようだ。

4

「すぐにイクのはもったいないから、ちょっと休憩してもいいかな」

雅史の求めに、立華は「いいですよ」と了承してくれた。

「じゃあ、そのあいだに、今度はおれがお返しをするよ」

「お返しって？」

「立華ちゃんを気持ちよくしてあげるのさ」

彼女が恥じらって視線を逸らす。そのとき、視界にポップとベターが入ったらしい。「あ――」と声を洩らし、うろたえる素振りを見せた。

「あの、だったら、あっちの部屋へ移ってもいいですか？」

飼い犬に痴態を見られたくないのだろう。

「うん、いいよ」

「じゃあ、向こうに――」

立華は立ちあがると、

「いい子にしててね」

　二匹に声をかけ、隣の部屋へ向かう。雅史は下半身を脱いだまま、猛る分身を上下に振り立ててあとに続いた。

　隣は寝室であった。中央にベッドがあって、甘ったるい匂いが満ちている。ドレッサーもあるから、化粧と寝汗の残り香であろうか。

　ベッドはダブルサイズだった。広い寝床が好きなのか、それとも彼氏と使っていたものを、そのまま持ってきたのかはわからない。さすがにそんなことは、本人には聞けなかった。

　というより、いちいち確認する必要はないのだ。

　立華がベッドの上にあった毛布をよけると、雅史は彼女を押し倒した。

「キャッ」

　悲鳴があがり、マットレスが軋《きし》む。かまわず唇を奪うと、若い肢体が抗った。けれど、すぐにおとなしくなる。

　さっきもくちづけを交わしたのだ。それを思い出したか、舌を差し入れるとしっかり絡めてくれる。唾液を交換し、かぐわしさに満ちたベッドの上で、互いをまさぐりあった。

　雅史が性急に進めたのは、立華に余裕を与えないためであった。もっとストレートに言えば、秘部を清めさせたくなかったのである。自分がウエットティッシュでペニスを拭ったみたいに。

若い娘の正直な秘臭を嗅ぎ、ありのままの性器を味わいたかった。できれば恥ミゾに喰い込んだクロッチも、心ゆくまでクンクンしたかったのだ。

そんな変態的な願望を、彼女に知られるわけにはいかない。

情熱的なキスで、女体から力が抜ける。それでも舌を与えてくれる健気さに愛しさを募らせ、雅史は手を下半身へ移動させた。

押し倒したはずみでミニスカートがめくれ上がったようで、太腿は完全にあらわである。シルクみたいな手ざわりと、もちもちした柔らかさを堪能することで、立華も切ない快さを与えられたらしい。

「ん……ンふ」

鼻息をこぼし、身をくねらせる。汗ばんだのか、肌がしっとりしてきた。

頃合いを見て、いよいよ中心部分に触れる。純白のパンティで守られているそこは、熱く蒸れていた。

「んー、んー」

軽いタッチにも、彼女は鋭敏な反応を示した。呻いて腰回りをわななかせ、探索を拒むように太腿をギュッと閉じる。しかし、そんなことで指の動きを封じるのは不可能であった。

（かなり濡れてるぞ）

明らかな湿りが指頭に感じられる。リビングでキスをし、牡の性器を愛撫したときから、昂っていたのではないか。

内部のミゾをなぞるように指を動かすと、立華が苦しげに頭を振った。

「ぷあ――」

呼吸が続かなくなったようで、唇をはずしてしまう。

「ここが気持ちいいんだね」

クロッチの中心をほじると、彼女は「いやぁ」と嘆いた。

「そんなにしたら……下着が汚れちゃう」

おそらくそれは、愛撫をやめさせるための口実だったのだろう。しかし、雅史にとってはチャンスだった。

「だったら脱がしてあげるよ」

「え？」

「おれも脱がされたんだから、おあいこだよね」

対等になるためと主張することで、拒めなくなったらしい。立華は下唇を嚙み、涙目で睨んできた。

それでも、駄目だとは言わない。いや、そのとおりだから反論できないのだ。

雅史は身を起こすと、彼女の下半身へと移動した。スカートがめくれて、純白の薄物がまる見えになっている。

ただ、さっきのパンチラのほうが、よりエロチックだ。大胆に見せられるのよりも、無防備な状態を目にしたほうがそそられる。

改めて観察すれば、パンティは前に小さなリボンがついただけの、ごくシンプルなものだった。今どき真面目な女子中学生だって、もっとおしゃれなものを穿くのではないか。

まあ、仕事へ行くときに穿いていたのであり、特別なことでもなければ、こんなものなのかもしれない。長らく愛用しているふうであり、穿き心地で選んだとも考えられる。

ゴムに指を引っかけると、色白の太腿がピクッと震えた。

「おしりを上げて」

指示すると、立華が怖ず怖ずと従う。顔をそむけているのは、恥ずかしくて顔を合わせられないためだろう。

残酷なことをしているようで、胸がチクッと痛む。もっとも、キスを求めたのも、最初に股間に触れてきたのも彼女のほうなのだ。言わば望んだかたちになっているのだし、このまま進めてもいいはずだ。

軽く引っ張るだけで、薄布はするすると脚を下った。途中で裏返り、クロッチの内側があらわになる。黄ばんだところに糊《のり》の乾いたような跡と、白い粘着物もあった。

（こんなに汚して……）

若いから新陳代謝も活発なのだ。それだけに、匂いも濃密ではないかと期待できる。

できればパンティの匂いも確認したかったが、思いとどまった。そんなところを見られたら、嫌われてしまうに違いない。

脚を開かせても、立華は抵抗しなかった。潤っている自覚があり、すぐにでも挿入されると期待したのかもしれない。

ただ、相変わらず顔を横に向けている。それをいいことに、細い秘毛が疎《まば》らに萌《も》える中心部に、雅史は顔を埋めた。

（ああ、これが）

ミルクを煮詰めたような、濃厚な乳酪臭が鼻腔に流れ込む。子供っぽいオシッコくささも混じっており、いたいけな印象を強めた。

ここまで年の離れた娘の恥臭を嗅ぐなんて、これが最初で最後だろう。貴重な瞬間を堪能するべく、漂うものを胸いっぱいに吸い込む。

「え、なに？」

立華が身をよじり、声を洩らす。何をされているのか気がついたらしい。

もはや一刻の猶予もない。ぷっくりした陰部を縦断するスリットに、雅史は舌を差し入れた。

「キャッ、ダメですぅ」

ずり上がって逃げようとする腰をがっちりと抱え込み、わずかな塩気がある恥割れを抉るように舐める。内側に溜まっていた蜜を掻き出し、唾液と一緒にぢゅぢゅッとすすった。

「イヤイヤ、そこダメぇ」

彼女はいよいよ本格的な抵抗を示した。脚をジタバタさせ、ヒップを上下にはずませる。

だが、不埒《ふらち》な舌が敏感な肉芽を捉えるなり、

「はひッ」

息を吸い込むような声をあげ、下半身を強ばらせる。抵抗力が弱まり、下腹が波打った。

「だ、ダメです……そこ、汚れてるんですぅ」

付着物や匂いが気になるのだろう。恋人とのセックスでは、事前に必ずシャワーを浴びたのではないか。

まだ若いし、正直な秘臭が男にとってフェロモンになり得るとは思いもよらないらしい。だが、こんな状況でいちいち説明などしていられず、雅史は舌を気ぜわしく律動させた。

「あ――あふ」

投げ出された太腿が、ビクッ、ビクンと痙攣する。羞恥にまみれつつも、快感に抗えなくなっている様子だ。

「ああ、いやぁ、も、バカぁ」

立華がなじりながら、秘芯を収縮させる。そこはもっとしてと、おねだりをしているかに感じられた。

肉体の反応こそ真実だと結論づけ、クリトリスを包皮ごと吸いたてる。腰が浮きあがり、「くぅーン」と子犬みたいな呻きが聞こえた。

(やっぱりここがいいんだな)

敏感なポイントをしつこく攻めることで、若いボディが歓喜にわななく。

「あ、あ、あ、そこぉ」

感じていることを、立華がとうとう白状する。それで開き直ったかのように、よがり声に遠慮がなくなった。

「くぅ、う、そこっ、ああん、き、キモチいい」

ハッハッと息を荒ぶらせ、裸の下半身をくねらせる。愛らしい娘の乱れる姿に、雅史も全身が熱くなった。

(こんなエッチな子だったなんて)

いや、自分が彼女をそうさせたのだ。責任を取るつもりでクンニリングスにいそしみ、快楽を与えることで詫びる。

同じところばかり舐めるのは芸がない気がして、途中、雅史はポイントを変えてみた。大陰唇と花びらのあいだ、ぴったり閉じているところを開くと、蒸れた酸味臭がツンと香る。底の部分に、白いカスのようなものもあった。

（これ、恥垢《ちこう》かな？）

包皮で隠れがちなペニスのくびれ部分と同じで、匂いや垢《あか》が溜まりやすいのかもしれない。

可愛い女の子の秘密を暴いて、胸がドキドキと高鳴る。もちろん嫌悪感は一切なく、むしろ貴重なエッセンスであった。

だからこそ、尖らせた舌先をミゾに差し入れ、ほじるように舐めたのである。わずかな苦みがあったのも厭わずに。

「あひっ」

立華がのけ反り、くすぐったそうに女陰をすぼめる。秘核ほどの強い快感は得られずとも、ムズムズする快さを得ているのではないか。普段は刺激されないところだから、敏感なのかもしれない。

両側のミゾをねぶり、恥垢もすべて舐め取る。彼女はハァハァと呼吸をはずませ、全身から甘酸っぱい匂いを放っていた。かなり汗ばんだらしい。

（恥ずかしがっていたけど、舐められるのは好きみたいだぞ）

さっきは洗ってないから抵抗があっただけのようだ。とは言え、いくら好きでも、さすがに愛犬をバター犬にはしていないであろう。

そのとき、不意に思い出す。肛門を舐められた人妻、亜佐美がいやらしく身悶えた姿を。

(立華ちゃんはどうなのかな?)

まだ若いし、好奇心は旺盛《おうせい》のようだ。案外、すんなりと受け容れてくれるかもしれない。感じるかどうかは別にして。

雅史は彼女の両膝を立てさせ、そのままからだを折り畳んだ。赤ん坊がおしめを替えるときみたいに、羞恥帯を上向きにさせる。

からだをのばした姿勢ではよく見えなかったアヌスが、白日の下に晒される。ピンク色の柔らかそうなツボミは、本人そのままの愛らしさであった。

(ああ、可愛い)

秘割れも色素が淡く、花びらも小さくて清らかな眺めであったが、秘肛はそれ以上だ。産毛の濃くなった程度の短い毛が、ポワポワと萌えているのにもそそられる。

「うう……」

立華が呻く。体勢が苦しいのかと思えば、そうではなさそうだ。

(早く舐められたいんだな)

おそらく、焦らされていると受け止めたのではないか。年上の男が、排泄口を観察しているとは知らずに。

裸の腰がもどかしげにくねる。秘芯の窪《くぼ》みから、透明な蜜が今にも溢れそうだ。だったらさっそくと、雅史は女体の中心に顔を埋めた。舌を当てるところは、もちろん性器ではない。

「え――」

恥ずかしいすぼまりをペロリとひと舐めされるなり、持ちあがったヒップがピクンと震える。だが、たまたま触れただけと思ったか、彼女は声を洩らしただけで咎めなかった。

それをいいことに、舌をチロチロと躍らせる。

「ちょ、ちょっと」

さすがに意図的と気がついたか、膝から下がバタつく。それでも強く抵抗することはなく、舐められるままになっていた。

(気持ちいいのかな?)

もっとも、顕著な反応はない。ツボミが収縮するのも、ただくすぐったいからのようである。

上目づかいで確認すると、立華は考え込むような、複雑な面持ちを見せている。何か悪くない感覚を摑みかけているのか。

そして、恥割れにはさらに多量の蜜が溜まっていた。

せっかく高まっていたのに、冷めてしまっては元も子もない。雅史はアナル舐めに見切りをつけ、陰核包皮を指で剝きあげた。あらわになった小さな花の芽を、舌先ではじくように刺激する。

「はひッ、いいいいいい」

途端に、あられもない嬌声がほとばしる。肛門をねぶられていたあいだにも、性感曲線は緩やかに上昇していたようだ。

よし、このまま頂上まで導こうと、クリトリスを執拗《しつよう》に吸いねぶる。

「イヤッ、あ、ダメぇええええっ」

ガクガクとはずむ下半身を押さえ込み、一点集中で攻めまくる。ゼイゼイと喉を鳴らして喘いだ娘は、程なくオルガスムスの波に巻き込まれた。

「イクッ、イクぅ、くうううっ！」

折り畳まれたからだを、強い力で元に戻す。雅史ははずみで後方にひっくり返り、危うくベッドから落ちるところであった。

どうにか起き上がると、立華が全身をピクピクさせ、「う、ううっ」と呻いている。かなり激しい絶頂感だったようだ。

腰から下が丸出しの、はしたない格好が煽情的だ。わずかに開いた瞼から白目が覗いており、二十五歳とは思えない妖艶《ようえん》さであった。

5

アクメ後の虚脱状態から回復した立華が、雅史に向かって最初に言い放ったのは、

「ヘンタイ」

のひと言であった。おしりの穴を舐めたことかと思えば、のろのろと身を起こした彼女が涙目でクレームをつける。

「どうしてアソコを舐めたんですか？　汚れてたのに」

清めていない秘部に口をつけられたのが、我慢ならなかったらしい。

「べつに汚れてなんかいなかったよ」

本当にそう思っていたから、雅史は真っ直ぐに反論した。これに、立華は虚を

衝かれたふうであった。

「ウソばっかり」

「本当だよ。だから舐めたんじゃないか」

そこまで言われても、納得し難かったらしい。

「……く、くさくなかったんですか？」

怖ず怖ずと訊ねる。

「全然。くさいどころか、いい匂いだったけど」

弁明したものの、かえって墓穴を掘ったようだ。

「やっぱりニオイがしたんじゃないですか」

恨みがましげに睨まれて、雅史は首を縮めた。だが、それ以上追及しなかったのは、どんな臭気だったのかを説明されたくなかったからだろう。

「ずるいですよ。自分ばっかりオチンチンを綺麗にして、わたしのはそのままなんて」

ペニスをウエットティッシュで清めたことを蒸し返され、立場が悪くなる。

「ていうか、おしりの穴は平気だったの？」

誤魔化すべく訊ねると、彼女はきょとんとした顔で首をかしげた。

「え、平気って？」

「いや、そっちは舐められても、嫌じゃなかったのかなって」

「ああ」

立華は納得顔でうなずくと、頬を赤らめた。

「だって、彼氏にも舐められましたから」

「え、そうなの？」

「おしりの穴が可愛いって、エッチのときにはいつもペロペロされたんです」

こんないい子と別れるなんて、馬鹿な男だと思っていたが、その点に関しては
シンパシーを覚えた。確かにあれは舐めたくなると、納得できたのである。

「舐められて、気持ちよくなかったの？」

「まさか。ちょっとムズムズするぐらいです」

などと言いつつも、気まずげに目を逸らす。頬の赤みも強くなったから、やはり悪くない感じを得ていたのではないか。そのあとで女芯をねぶったら、いっそう感じた様子であったし。

疑われているのを察したか、立華が顔をしかめた。

「ていうか、おしりの穴だって洗ってなかったんですよ。病気になっても知りま

せんからね」

年上の男に文句を言う。憤慨の面持ちを見せながらも、着ていたパーカーを脱ぎだした。

（え？）

突然のことに啞然《あぜん》とする雅史の前で、淡い水色のブラジャーを着けた上半身をあらわにする。パンティと不揃いなのがいかにも普段のままというふうで、日常的なエロスにどぎまぎした。

彼女はスカートのホックをはずし、

「小暮さんも脱いでください」

強めの口調で促した。

「あ、うん……」

戸惑いつつも、シャツのボタンをはずす。すでに下は脱いでいたから、恥ずかしさはない。

ブラジャーが取り去られたのにひと足遅れで、雅史も全裸になった。

手ですっぽり隠せそうにあどけないふくらみは、頂上の突起もピンク色だ。一度も口をつけられていないのではないかと思える、清らかな眺め。

もちろんそんなことはなく、アナル舐めが好きだった元カレに、さんざん吸われたのであろう。

立華は裸身をベッドに横たえると、雅史のほうに両手を差し出した。

「来て」

短く告げ、両膝を開いて立てる。クンニリングスで昇りつめた女芯は赤みを強くし、ほころんでいた。

健気な誘いに胸を高鳴らせ、雅史は彼女に身を重ねた。

絶頂して汗ばんだ名残か、若い肌がミルクのような甘ったるさをたち昇らせる。加えて、なめらかで柔らかなボディにもうっとりさせられた。

(ああ、素敵だ)

無闇《むやみ》にジタバタしたくなる。雅史は感動を伝えるつもりで、立華にくちづけた。

「ンふ」

彼女も望んでいたのか、感に堪えないふうに鼻息をこぼす。舌を差し込むと歓迎し、自分のものを深く絡めてくれた。

濃厚なキスを交わしながら、腰の位置を調節する。手を添える必要もないほど強ばりきった肉の槍《やり》が、濡れた秘園を捉えた。

（ああ、熱い……）

女芯の火照りが、じんわり伝わってくる。しとどになったそこは、穂先のめり込む入り口が物欲しげに息吹いていた。

唇だけでなく、性器でも深く繋がりたい。己の欲求に従って、雅史は腰を一気に沈めた。

「ふは——あああッ！」

唇をはずし、立華がのけ反る。裸身をワナワナと震わせ、「う、ううっ」と呻いた。

そのときには、ペニスは根元まで快い締めつけを浴びていたのである。

（ああ、入った）

ひとつになれた感激で、胸がいっぱいになる。だが、立華が苦しげに顔をしかめていることに気がついて、雅史はうろたえた。

「あ、大丈夫？」

今さら気遣うと、彼女は「ふう」と息をついた。

「ひどいです、いきなり挿れるなんて」

「ごめん」

「ずっとしてなかったから、優しくしてほしかったのに」

彼氏と別れて、半年以上経っているのだ。ブランクがあることを、ちゃんと考えてあげるべきだったのに。

「本当に悪かったよ。立華ちゃんとのキスが気持ちよくて、つい夢中になっちゃったんだ」

「ん……もういいです。入っちゃったものは仕方ないし」

やるせなさげに言い、立華がしがみついてくる。雅史の頭をかき抱き、耳元に囁《ささや》いた。

「ちょっとびっくりしたけど、硬くて大きいのがググッて入ってきたとき、キモチよかったんです」

恥ずかしそうな告白に、ときめかずにいられない。

「おれ、立華ちゃんをもっと感じさせたい」

「はい」

「動いてもいい？」

「……えと、ゆっくりしてください」

求めに応じて、腰をそろそろと後退させる。くびれ部分まで引き抜いてから、同じ速度で膣内に戻した。

「くうう」

立華が呻く。女芯がセックスに馴染んでいないのか、苦しげだ。

一度抜いたほうがいいかなと迷ったとき、今度は彼女のほうから唇を重ねてきた。

「ン……んふ」

鼻を鳴らし、熱心に吸いたてる。くちづけで熱情を高めるつもりなのか、舌も自ら差し入れた。

内部がいっそう熱くなり、ヒダが包み込むようにまつわりつく。雅史は舌を戯れさせながら、スローな腰づかいで分身を出し挿れした。

（うう、たまらない）

上も下も深く繋がることで、悦びがふくれあがる。愛液の量も増したようで、抉る蜜穴がヌチュヌチュと粘っこい音を立てた。

しかし、抽送の速度が上がるほどに、息が続かなくなる。

「はあ」

くちづけをほどき、ふたり同時に息をつく。彼女はトロンした目で雅史を見あげ、若腰を左右にくねらせた。

「もう大丈夫？」

訊ねると、コクリとうなずく。呼吸をはずませ、両脚を牡腰に絡みつけた。

「小暮さんのオチンチン、硬くってキモチいいです」

あられもない発言に、雅史は発奮した。

「じゃあ、これは？」

長いストロークで攻めると、立華が「ああっ」と声をあげる。蜜穴がすぼまり、雅史も強烈な快感を与えられた。

「立華ちゃんの、すごく締まってる。おれも気持ちいいよ」

「よかった」

安堵の表情は、男を感じさせられるとわかったからだろう。性的な魅力が足りなくて彼氏を引き留められなかったと、本気で悩んでいたようだ。

「もっと激しくしてもいい？」

「はい……あの、奥をズンズン突いてもらっていいですか？」

「わかった」

リクエストに応えて、力強いブロウを繰り出す。膣奥を突かれるのに合わせて、彼女は「あんあん」と甲高い嬌声を放った。

（本当にこうされるのがいいんだな）

どうすれば感じるのか、隠さずに教えてくれたことが嬉しい。それだけこちらを信頼しているのだ。

それと同じぐらいに、愛情も高めてくれたらいいのに。

年の差があるし、しかも自分は四十代だ。いくら肉体関係を持っても、彼女の恋愛対象にはならないと思っていた。

けれど、この感じなら望みがあるのではないか。

期待がふくらみ、ピストン運動にも熱が入る。もっと感じさせるべく、雅史は汗が滲むほどに励んだ。

「あ、あん、感じる」

立華はよがるものの、ある地点でとどまって、それ以上は上昇しないようであった。クンニリングスでは達しても、膣感覚はそこまで目覚めていないのか。

ならば、自分が最初にセックスでイカせたい。挿入角度や深さ、リズムにも注意を払い、雅史は若い女体を責め苛んだ。

ところが、喘ぎ声が次第に単調になる。まるで、抽送に飽きたかのように。

焦りを覚える雅史であったが、立華を絶頂させる見通しが立たぬまま、自分のほうが危うくなってきた。

（うう、まずい）

忍耐を振り絞り、懸命に腰を振り続けたが、いよいよ限界が迫ってきた。

「立華ちゃん、おれ、出そうかも」

やむなく切羽詰まっていることを伝えると、彼女がハッとしたように顔色を変えた。

「だ、ダメ、抜いて」

焦りを浮かべ、雅史の腰に巻きつけた脚もほどく。危険日なのだろうか。

もちろん、許可も得ず膣内に射精する趣味などない。

雅史は「わかった」とうなずき、猛る肉茎をそろそろと退けた。一気に抜くと、刺激で爆発しそうだったのだ。

「ふう」

無事に抜去してひと息つくと、立華がすまなそうに「ごめんなさい」と謝った。

「いや、いいよ」

「最後は手でしてもいいですか？」

「うん」

入れ替わって雅史が仰向けになると、彼女が添い寝してくれる。自身の愛液で濡れた強ばりをためらうことなく握り、ヌメりを用いて摩擦した。

「セックスもよかったけど、手でされるのもすごくいい」

励ますためでもなく告げると、立華の目が嬉しそうに細まる。

「そうですか？」

「うん。これなら、すぐにでも新しい彼氏ができると思うよ」

できれば自分を選んでもらいたかったのであるが、

「はい、頑張ります」

にこやかな返答に、雅史は落胆した。

（おれは眼中にないってことだな……）

とは言え、十八歳も年下の娘と、愛を交わせただけでもラッキーなのだ。ずっと敬語を使っている彼女と、対等な関係になれるとも思えないし、今だけの関係で終わらせるのが無難であろう。

それに、後腐れのない間柄であれば、今後も部屋に招かれ、交歓の機会が持てるかもしれない。などと、浅ましい期待を抱く。

「小暮さんのオチンチン、カチカチですよ」

立華が悩ましげに眉根を寄せる。力強さを誇示するべく、雅史はシンボルに漲《みなぎ》りを送り込んだ。

「あん、すごい」

手にしたものに彼女が目を瞠る。からだを起こして屹立を覗き込むと、赤く腫《は》れた亀頭に唾液を垂らした。すべりをよくするためにだろう。

立華は肉棒をしごき、清涼な唾液を全体に塗り込めた。

「うぅ」

背徳感にもまみれ、雅史は腰を揺すって呻いた。すると、彼女が満足げな笑みを浮かべる。

「キモチいいですか?」

答えを待つことなく、頬や唇にキスを浴びせてくる。顔の位置を下げると、乳首にも吸いついた。

「むふッ」

くすぐったい快さに、背中が浮きあがる。米粒みたいな突起を舌でクリクリと転がされ、あやしい悦びに鼻息が荒くなった。

（ああ、なんだこれ……）

そこを愛撫されるのは初めてだった。

刺激がそのまま下半身に伝わり、握られた陽根がビクビクと脈打つ。男には無用の長物だと思っていた器官が、まさか性感ポイントだったなんて。

立華が口をはずし、愉しげに目を細めた。

「ここも感じるんですか？」

わかっていてそうしたのだと窺える、悪戯っぽい面差し。元カレの乳首も、彼女は舐めてあげたのだろうか。

「そりゃ、立華ちゃんみたいに可愛い女の子にエッチなことをされたら、オジサンはゾクゾクしちゃうよ」

誰がしても感じるわけではないと、冗談めかして答える。実際、彼女だからこそ、肉体が反応した気がするのだ。

すると、立華がわずかに眉をひそめる。

「小暮さんは、オジサンなんかじゃないですよ」

「え？」

「初めてウチのお店に来られたときは、ちょっとくたびれている感じがしたんですけど、今はそのときと全然違います。たぶん、ポップを散歩させているから元気になったんですね」

からだが引き締まったのは事実である。ただ、初対面の娘にもわかるぐらい、あの頃の自分は見るからに疲れたオジサンだったようだ。

「それに、オチンチンもこんなに硬いし、まだまだ若いじゃないですか」

そんなところで若さを量られるのは気恥ずかしいものの、悪い気はしない。

「そうかな？」

「はい。だから、きっと素敵な女性と巡り会えますよ」

やはり彼女自身は、パートナーの候補になってくれないようだ。ちょっぴり寂しいものの、これでいいんだと自らに言い聞かせた。

「うん。おれもまだ諦めていないしね」

「そうですよ。まだこれからです」

立華のような若い子から言われると、単なる慰めではなく、本当にそうなのだと信じられる気がする。

「じゃあ、わたしがキモチよくしてあげますから、いっぱい出してくださいね」

愛撫が再開される。彼女は硬くなった牡の乳首を舐めながら、強ばりきったペニスをリズミカルに摩擦した。

「ああ、立華ちゃん、すごく上手だ。気持ちいいよ」

息をはずませて褒めると、突起をチュッと吸われる。それによって発生した快美電流が、股間にまで流れた。

「うう、出そうだ」

差し迫っていることを告げると、握りが強められる。柔らかな指の側面が、敏感なくびれを狙い撃ちにするみたいにこすり上げた。

それにより、忍耐の堰《せき》が切れる。

「あ、いく、出るよ」

声を震わせて伝えるなり、めくるめく歓喜が体幹を貫く。意志とは関係なく、腰がぎくしゃくと上下した。

びゅるッ――。

熱いものが尿道を駆け抜ける。胸に伏せた立華の、頭の陰で見えなかったが、続けざまに二度、三度と、濃厚な牡汁を飛ばしたのがわかった。

「やん、出た」

乳首舐めを中断した彼女は、射精に目を奪われているようだ。それでも手の動きを休めることなく、脈打つ肉棒をしごき続ける。

おかげで、雅史は最後の一滴まで、深い愉悦にひたって放つことができた。

「ふは――はぁ」

大きく上下する胸元から、立華が離れる。彼女が身を起こしたことで、腹部に飛び散ったザーメンの有り様が視界に入った。

（うわ、すごく出た）

トロミの強い白濁液が、淫らな模様を描いている。独特の青くささが鼻腔に忍び入って、絶頂後の物憂さが募った。

（ていうか、これだと溜まってたみたいに思われるんじゃないか？）

いい年をして、多量にしぶかせたのが恥ずかしくなってくる。

もっとも、彼女はそれどころではなかったらしい。ヘッドボードにあったティッシュのボックスから、薄紙を何組も抜き取った。

「こんなにいっぱい……」

つぶやきながら、のたくる粘汁を拭ってくれる。悩ましげに眉根を寄せたのは、精液の匂いを嗅いだせいだろう。

あらかた拭き取ると、立華はウエットティッシュも使って、肌を清めてくれた。

さらに、陰毛の上に力なく横たわり、鈴口に半透明の雫を光らせたペニスも摘《つ》まんで、丁寧なクリーニングを施す。

「うう」

射精後の過敏になった粘膜を刺激され、雅史は腰をわななかせた。くびれの段差も濡れ紙で磨かれて、そこまでしてもらうのは申し訳ないと思いつつ、若い娘の心配りが嬉しい。

（介護されるのって、こういう気分なのかな？）

などと、まだまだ先のことに思いを馳《は》せてしまうほどに。

「え？」

立華が洩らした声にドキッとする。頭をもたげると、彼女が手にした秘茎が、再び膨張していた。

（え、まさか）

あんなに出したのに、こんなすぐに復活するなんて。うろたえつつも海綿体の充血は止まらず、たちまちピンとそそり立った。

「すごい……またタッちゃった」

立華が目を丸くする。若いと言われたあとでも、これでは性欲過多なだけの人間に思われてしまう。

「立華ちゃんの手が気持ちいいから、すぐ元気になったんだよ」

彼女の手柄にすると、照れくさそうな笑みが返される。

「そうなんですか？」

満更でもなさそうに、手にした屹立をしごく。わずかながら鈍い痛みがあったのは、射精直後だからだ。

それでも、快感が痛みを打ち消してくれる。

「ホントに元気」

感心した面持ちでうなずいた立華が、顔を伏せる。紅潮した亀頭を口に入れ、チュッと吸いたてた。

「あうう」

雅史が呻いたのを合図に、舌が回り出す。張り詰めた粘膜を、てろてろとねぶった。

決して巧みとは言えない、ただ飴玉《あめだま》をしゃぶるようなフェラチオ。それでも健気な奉仕は、身をよじりたくなる悦びをもたらした。

「あ、ああ、立華ちゃん」

たまらず名前を呼ぶと、牡根を咥えたまま こちらを向く。肉色の禍々《まがまが》しさと、愛らしい顔立ちとのコントラストが、ゾクッとするほど卑猥だった。

彼女は漲りから口をはずすと、唾液に濡れたものを緩やかにしごいた。

「気持ちいいですか?」

「うん、すごく」

「じゃあ、お口に出していいですよ」

二度目の発射を、口内で受け止めるつもりらしい。

「だったら、いっしょにしようよ」

「え?」

「おれの上に乗って、おしりをこっちに向けてもらえる?」

シックスナインを求められたと、立華はすぐに察したようだ。

「え、でも……」

ためらったのは、恥ずかしいところをあからさまに晒すポーズに抵抗があるからだろう。

「おれも、立華ちゃんの可愛いアソコを舐めたいんだ」

ストレートに求めると、彼女が狼狽する。

「か、可愛いって――」

「それから、おしりの穴もいっぱい舐めてあげるよ」

告げるなり、見開かれた目がきらめく。ムズムズするだけなんて言ったけれど、アヌスを舐められるのがけっこうお気に入りなのではないか。

「エッチ」

立華は可愛い目で睨みながらも、言われたとおりに逆向きで跨がってくれた。くりんと丸い、小ぶりのヒップが差し出される。公にできない花園を全開にして、雅史に見せつけた。

「ああん、恥ずかしい」

嘆きながらも、恥割れを物欲しげにすぼめる。桃色の秘肛も、早く舐めてと誘うように収縮した。

(気持ちよくしてあげるよ)

胸の内で告げ、裸の若腰を引き寄せる。ぷにぷにの尻肉を顔で受け止め、なまめかしい匂いを放つ女芯にくちづけた。

「いやぁ」

恥じらいの声に続いて、亀頭が強く吸われる。羞恥をフェラチオで誤魔化すつもりらしい。

負けじと、雅史も舌を使う。秘肉の裂け目と、可憐なツボミを行ったり来たりでねぶり回した。

短時間のあいだに、立華のアナル感覚はかなり研ぎ澄まされたようだ。放射状のシワの中心に舌先を突き立てると、誘い込むような蠢きを呈する。指を浅くもぐり込ませ、輪っかをくちくちとこすると、男根を咥えたまま「むーむー」と呻いた。

本当は、指をもっと深く挿入させたかったのである。しかし、そこは無理をしたら切れてしまいそうだったので、手加減したのだ。

立華のほうも、口の施しだけではなく、手も使った。唇からはみ出した肉胴を指の輪でこすったのはもちろん、牡の急所も愛撫する。そこが快いポイントであると、元カレに教えられたのであろうか。

縮れ毛にまみれたシワ袋を、いたいけな指で揉まれるのは、背徳感を覚えずにいられなかった。そのぶん快さもかなりのもので、舌を絡みつかされた分身を、雄々しく脈打たせる。

同時に悦びを与え合うことで、ふたりの体温が上昇する。一方的に奉仕されるよりも昂りが著しく、どちらも順調に高まった。

先に頂上へ至ったのは、立華であった。雅史がクリトリスを吸いながら、唾《つば》で濡れたアヌスを指でこすると、吸っていたペニスを吐き出した。

「イッちゃう、イッちゃう、ダメぇえええっ！」

アクメ声を高らかに放ち、牡の強ばりに両手でしがみつく。キュートなおしりをぷるぷると震わせて、悦楽の極みへ昇りつめた。

そのとき、雅史も危ういところにいたのである。彼女に強く握られたために、いよいよ限界が迫った。

「あ、おれもいくよ」

荒ぶる呼吸の下から告げると、立華が再び屹立にむしゃぶりつく。ふんふんと鼻息をこぼしながら吸いたて、牡の急所も揉んだ。

「うう、で、出る」

その瞬間、脳内に霞《かすみ》がかかる。意識を半分がた飛ばし、二度目とは思えない量をだくだくと放った。

「んーーーンふ」

放精に合わせて、立華がペニスをストローのごとく強く吸う。中心を貫くザーメンが速度を増し、目のくらむ愉悦をもたらした。

（うわあ、す、すごい）

強烈な射精感で、頭がおかしくなりそうだ。

「ふはッ、はっ、はふ」

肺が痛むほどに呼吸が荒ぶ。体内のエキスをすべて吸い取られるような、恐怖と紙一重の快感であった。

おかげで、秘茎を解放されるなり、ぐったりしてベッドに沈み込む。

「またいっぱい出ましたよ。小暮さんの、濃くて美味しかったです」

朗らかな報告が、やけに遠くから聞こえた。

第四章　訳アリ美女の憂鬱

1

その日は家を出るなり駆け出したりと、ポップはいつも以上にハイテンションだった。昨日は雨で散歩ができなかったため、嬉しかったのであろう。

「まったく、もうちょっとゆっくり歩けよ」

声をかけても、まったく通じる気配がない。彼はハッハッと息せき切って、飼い主を引っ張り回した。

雅史のほうは、明け方近くまで原稿を書いたせいで、まだ眠かった。朝から昼過ぎまで寝て、睡眠時間は足りているはずなのに。おそらく、ずっと夢を見ていたせいだろう。

内容はほとんど思い出せない。ただ、女性と行為に及ぶ淫夢だったのは確かである。起きたときにはいつも以上に朝勃ちが著しく、反り返ったシンボルが下腹にめり込みそうだった。

（おれ、欲求不満なのかな？）

ポップに引っ張られながら、ふと思う。

ペットショップの若い店員、立華を抱いたのは先週のことだ。以来、色事はまったくない。

とは言え、離婚して以来、長らくそういうことがなかったのである。なのに、犬の散歩で知り合った人妻の圭衣子を皮切りに、お隣の亜佐美、そして立華と、三人と関係を持ったのだ。

それぞれに魅力的な女性たちであり、結婚前の貧しい経験値を振り返れば、むしろ満たされていると言っていい。なのに、日にちが空いただけで物足りなさを覚えるのは、幸運が続いたことで贅沢になり、もっともっとと求めてしまうせいかもしれない。

あるいは、三人とはすべて一度きりだったことが、不満のもとになっているのだろうか。

（ペットショップに行ってみようかな……）

などと考えたのは、もちろん立華目当てである。

人妻ふたりは旦那への操を立てているようだし、こちらとしても誘いにくい。

その点、独身の立華なら、何をしようが非難される筋合いはない。

しかしながら、彼女は十八も年下だ。何度も関係を迫るのは、いい年をして調子に乗っていると取られる恐れがある。あまり体裁がよくない。

ここは大人の男として、余裕のあるところを示すべきである。そうすれば立華も感心して、またからだを許してくれるのではないか。

などと打算的に考えるところが、そもそもオジサンくさい。

とりあえず今日は、散歩だけにしておこう。そう決めたとき、早足でトコトコ歩いていたポップが、いきなりダッシュしたのである。

それは、雅史がリードの輪っかを持ち替えようとしたタイミングと、どんぴしゃりであった。

「あっ！」

声をあげたときにはすでに遅く、リードが手から離れていた。自由になったポップが、飼い主を置いて駆けてゆく。

「ポップ、待て！」

呼んでも、振り返りすらしない。犯人を追いかける刑事さながらに、雅史は彼を追跡した。

だが、距離がまったく縮まらない。むしろ引き離されてゆく。

（うわ、まずいぞ）

何より心配なのは、交通事故だ。車や自転車と接触すれば、小型犬のポップが無事で済むはずがない。

また、見失ったら確実に迷子になる。散歩のとき自由に歩かせると、いつまで経っても家に帰れないのだ。帰巣本能が備わっているとは言えない。

とにかく早く捕まえなければと、懸命に追いかける。本気で走るのは高校の体育の授業以来で、息があがって膝がガクガクした。

と、前方に道路脇を歩く、女性の後ろ姿が見えた。ポップは真っ直ぐ、彼女に向かっている。

駆ける犬の足音か、はたまた息づかいが聞こえたのだろうか、女性が後ろを振り返る。迫ってくる小型犬に驚きを浮かべたのが見えた。

「キャッ」

彼女が悲鳴をあげたのは、ポップに飛びつかれたからだ。バランスを崩したか、膝を折って尻餅をついた。

（ああ、やっちまった）

まさか、余所様《よそ》に迷惑をかけるなんて。ポップは少しも反省することなく、女性にじゃれついている。

もっとも、そのおかげで逃亡犯を捕まえることができた。

「すみません。ごめんなさい」

ポップを引き剝がし、謝罪したところで気がつく。その女性は、あの廃墟じみたアパートの前で遭遇した美女だったのである。

彼女はポップに可愛いと声をかけ、頭も撫でたのだ。そのことを憶えていて、ポップは飛びついたのであろうか。

「申し訳ありません。ご迷惑をおかけしまして」

もう一度謝ったところ、女性は泣きそうな顔を見せている。そんなに驚いたのかと思えば、彼女のスカートの下に水溜まりがあった。

（あっ！）

そこはアスファルトが窪んでおり、昨日の雨水がまだ残っていたのだ。

「す、すみません！」

雅史は手を引いて彼女を立たせた。これは謝って済ませられるような状況ではない。

「あの、ウチに来ていただけますか？　汚れたスカートを洗いますので」

この申し出に、美女が「ええ」とうなずく。少しも怒った様子はなく、むしろ安堵した面持ちだったから怪訝に思った。

（こういう場合って、かたちだけでも遠慮するものじゃないのか？）

あるいは、飼い主としての不始末を咎め、補償を求めるつもりなのか。男から家に招かれ、素直に受け入れる理由が他に浮かばない。

だとしても、非がこちらにあるのは事実である。散歩はそこで終わりにして、彼女を案内して家へ向かう。

「あの、おれは小暮雅史といいます」

とりあえず名乗ったところ、

「……渡辺《わたなべ》すず絵《え》です」

美女も名前を教えてくれた。

「すずえさん……」

「平仮名のすずに、絵描きの絵です」

などと、どういう字を書くのかまで教えてくれたのは、心を許したからであろうか。慰謝料を求められる雰囲気ではない。

「すず絵さん、綺麗なお名前ですね」

それはお世辞ではなかった。平仮名の入った字面と軽やかな音が、和風の美貌にぴったりだと感じたのだ。

「……ありがとうございます」

へたに謙遜せず、遠慮がちに礼を述べるのも好ましい。

「この子はポップちゃんでしたよね」

すず絵に言われて、どうして知っているのかと驚く。

(あ、そうか。おれが教えたんだ)

最初のときに、名前を訊かれたのを思い出した。ついでに、彼女のパンチラを目撃したことも。

(そう言えば、さっき転んだときも、下着が見えてたんじゃないのか?)

焦っていたため、そんなところを確認する余裕がなかったのだ。ちゃんと見ておけばよかったと後悔しかけて、何を考えているのかと自らを叱る。

(まったく、どうかしてるぞ)

なまじ幸運に恵まれてきたから、出会う女性すべてを性的な目で見てしまうのであろうか。

「ポップのこと、憶えていてくださったんですね」

不埒な心根を悟られぬよう、何食わぬ顔で答える。すず絵が「ええ」とうなずいた。

「こっちに来て、一番ホッとした出来事でしたから」

「それじゃあ、最近引っ越されてきたんですか？」

「はい。先月に」

越してきて間もないとは言え、愛らしい犬との遭遇に一番ホッとしたとは。

(本当に訳アリみたいだぞ)

さりとて、いきなり根掘り葉掘り訊ねるのは失礼すぎる。

「そうすると、今はどちらにお住まいなんですか？」

何気なく確認すると、

「アパートです。以前お目にかかったところのそばの」

すず絵が隠さずに答える。やはりあのボロアパートなのだ。

「ああ、あそこに……おひとりで？」

「そうです」

「だけど、女性が住むにはセキュリティーに問題がありそうですけど」

古いことをやんわり表現すると、すず絵は恥ずかしそうに視線を落とした。

「急な引っ越しだったもので、選ぶ余裕がなかったんです」

ということは、夜逃げしてきたのだろうか。ただ、真面目そうだし、借金を背負い込むようなタイプには見えない。

「それに、ああいうところなら、かえって気づかれませんから」

つぶやくように言われて、ドキッとする。要するに、追っ手の目をくらませるための隠れ家ということなのか。

（やっぱり借金取りから逃げてるのかも）

あのアパートなら家賃も格安だろう。それも引っ越し先に選んだ理由かもしれない。

金銭的に困っているのなら、いくらかでも助けてあげたい。それには事情をすべて打ち明けてもらう必要がある。しかし、まだそこまでの関係になっていない。

（まあ、これを機会に仲良くなればいいのか）

幸いにも、こちらを警戒している様子はない。おそらく、ポップがいるからだろう。

「本当に可愛いですね」

先頭に立ってトコトコと歩くポップに、すず絵が目を細める。脚の毛がふさふさだから太く見えて、しかもちょっとがに股《また》気味のところが、ゼンマイ仕掛けのオモチャみたいで愛らしいのだ。

「これ、よかったら」

リードを渡すと、彼女が「ありがとうございます」と受け取る。ポップが振り返り、持ち手が変わったことを確認したものの、安心したのかすぐ前を向いた。

あとは特に会話などなくても、気詰まりさを感じることはなかった。むしろ穏やかな気分でポップの後ろ姿を眺め、ふたり並んで歩く。

(いいもんだな、こういうの……)

伴侶となる女性と巡り会えたら、こうして一緒に散歩がしたい。その相手がすず絵だったらと考えて、雅史は胸の高鳴りが止まらなくなった。

2

家に着くと、すず絵を脱衣所へ案内する。

「すぐに洗濯しますので、汚れたものをここへ入れてください」

設置してある洗濯機はドラム式で、乾燥まで自動でやってくれる。終わるまで二時間もかからないはずだ。

「あと、よろしかったらシャワーも使ってください。バスタオルは、ここの棚にありますので」

「ありがとうございます。あの、代わりに身に着けるものはありますでしょうか」

「あ、そうですね。ちょっとお待ちください」

雅史は脱衣所を出ると別室のクローゼットを漁り、ほとんど使っていないスウェットパンツを見つけ出した。男女兼用のものだし、問題ないだろう。

「すみません。スカートが乾くまで、こちらを穿いていただけますか?」

「ああ、はい。助かります」

こちらが悪いのに礼を述べられては、かえって心苦しい。

雅史は洗濯機の操作方法を伝えてから、脱衣所を出た。リビングに行って、ソファーとテーブルに置いてあった物を急いで片付ける。洗濯物が乾くまで、すず絵にはこの家にいてもらわねばならないのだ。

リビングの隣の部屋、ケージに入ったポップは、疲れたのか寝ている。

（お前がやらかしたのに、まったく気楽でいいよな）

胸の内で愚痴ったものの、彼のおかげですず絵とお近づきになれたのだ。むしろ感謝すべきかもしれない。

コーヒーとお茶菓子の準備をして待っていると、間もなくすず絵が現れた。

「お言葉に甘えて、シャワーを使わせていただきました。ありがとうございました」

丁寧に頭を下げられ、雅史は恐縮した。それでいて、彼女の姿にときめいてもいたのである。

上半身はさっきまでと変わらず、上品な白のブラウスだ。そして、下は野暮ったいスウェットと、ちぐはぐな格好である。なのに、妙に惹かれてしまう。

スウェットの裾はゴムになっている。雅史が穿いていたものだからサイズが合わず、足下がすっぽり隠れていた。そんなところも愛らしい。

「ど、どうぞこちらへ」

どぎまぎしてソファーを勧め、コーヒーを出す。

「すみません。いただきます」

すず絵はカップを手に取り、コーヒーをひと口すすった。ひと心地がついたふうに息をつくと、隣に腰かけた雅史に訊ねる。

「こちらには、おひとりで住まわれているんですか？」

「ええ、はい。いちおう独身なもので」

だが、まだ新しい一軒家なのだ。独身男がひとりで住むには分不相応である。

彼女もそう感じたようで、怪訝そうな面持ちだ。

雅史は思い切って、境遇を打ち明けることにした。そうすれば、すず絵も自分のことを話してくれると思ったのである。

「実は、最初はふたりだったんです。妻と」

「じゃあ、奥様は？」

「別れました」

離婚に至る経緯を、簡潔に説明する。彼女は神妙な面持ちで、相槌を打ちながら聞いてくれた。

「まあ、それで寂しくなって、ポップを飼い始めたんですが」

自虐的に言うと、すず絵が首を小さく横に振った。何かを決意したような眼差しを浮かべると、

「……わたしもなんです」

秘めたものを吐き出すように告白する。

「すず絵さんも?」

「ええ、夫と別れました。というより、逃げてきたんです」

彼女が語ったところによると、夫は典型的なモラハラ男であり、ときに暴力も振るったという。

「結婚前は、少々荒っぽいところはありましたけど、優しくていいひとだったんです。だけど、仕事のミスで降格させられてから、ひとが変わったみたいに荒《すさ》んでしまって」

専門機関に相談し、夫婦で協力して立ち直ることも模索したそうだ。ところが、もともと融通の利かない性格だった夫は助言を受け入れず、むしろ悪化するばかりだった。

すず絵はやむなく弁護士を立て、離婚の手続きをした。夫は当然ながら抵抗したものの、司法の判断を得て無事に成立。晴れて束縛から解放されたのは半年前であった。

「でも、あのひとは諦めなかったんです。そのあともわたしにつきまとって、復縁を迫ってきました」

接近禁止命令も効果がなく、住むところを変えてもなぜだか突き止められる。意固地になった彼は、元妻の行動を四六時中見張っていたらしかった。

警察に訴えても、通り一遍の注意しか与えない。それこそ事件にでも発展しない限り、まともに動いてくれそうになかったという。

身の危険を感じたすず絵は、本気で身を隠すべく、この地までやってきたとのこと。あのアパートを選んだのも、女性の独り暮らしに向かないところをと考えてだったそうだ。

「それに、お家賃も安かったので。もう、貯えもあまり残っていませんから」

恥ずかしそうに打ち明けられ、やはりそうだったのかとうなずく。

（最初のとき、やけに周りを気にしていたのは、別れた旦那に見つかったらまずいと怯えていたからなんだな）

また、すず絵が散歩をするポップを羨ましがったことも思い出す。あれは身を隠して暮らすつらさから洩れた本音だったのだ。

そう言えば、アパートの前を通りがかった際に、部屋のカーテンが動いたように見えたこともあった。あのときも元夫がいないか、外の様子を窺っていたのではないか。

不自由を強いられ、ひそんで暮らす彼女が不憫《ふびん》でならない。別れた旦那への憤りも湧いたけれど、それ以上に目の前の美女をどうにか救いたいと思った。

「実は、あのアパートにも長くいられないんです」

「え、どうしてですか?」

「もう、取り壊しが決まっていますから。他には誰も住んでいなくて、大家さんのご厚意で置かせていただいているんです」

「そうなんですか……」

「それに、あそこも夫に見つかったかもしれません」

すず絵が涙ぐむ。

「え、本当ですか?」

「さっき、用事を済ませて帰ってきたら、アパートの前に誰かがいたんです。見つからないように、すぐに引き返したので確認はできませんでしたけど、あんなところに用事のある人間が、他にいるとは思えませんし」

そのため帰るに帰られずにいたところ、ポップに飛びつかれたそうである。尻餅をついたのは、怯えていたせいで腰を抜かしたためかもしれない。

「でしたら、しばらくここにいてください。別れた旦那さんに見つかったらまずいですから」

「はい……ご迷惑をおかけします」

「いいえ、全然。今日だけじゃなくて、ずっといてもいいんですよ」

「え？」

驚きを浮かべた彼女の手を、雅史は両手で包み込むように握った。

「おれ、初めて会ったときから、すず絵さんのことが気に懸かっていました。何か事情がありそうだなって。あのときも今日も、ポップが引き合わせてくれたわけですけど、それはきっと縁があるからなんです。だからおれに――おれとポップに、すず絵さんを守らせてください」

飼い犬を引き合いに出したのは、柄にもなくヒーローぶったことの照れくささを、誤魔化すためもあった。すると、

「ワンっ」

寝ていたはずのポップが吠えたものだからドキッとする。隣を見ると、彼はケージの中で行儀よくお坐りをし、こちらをじっと見つめていた。任せてくださいと言いたげに。まったく、なんてタイミングがいいのか。

「ほら、ポップもすず絵さんを守ると言ってますよ」

笑顔で代弁すると、美女が泣き笑いの顔を見せる。

「ありがとうございます……」

礼を述べるなり、感極まったみたいに抱きついてきた。

(え?)

戸惑いつつも、すず絵の背中に腕を回す。優しく撫でてあげると、嗚咽《おえつ》が聞こえてきた。

(……ずっと不安だったんだろうな)

誰かに助けてもらいたくても叶わず、ひとりで恐怖と孤独に耐えてきたに違いない。だからこそ、雅史の言葉が胸に刺さって、張り詰めていた気持ちが解けたのだろう。

髪から漂うのは、飾り気のない石鹸《せっけん》の香りだ。切り詰めた生活をしていることが窺えて、情愛がこみ上げる。

しかし、困っている彼女の隙につけ入ろうなんて気持ちは、毛頭なかった。

魅力的な女性だし、このままずっと一緒に暮らしたい。できれば生涯の伴侶として迎えたいとも思う。

けれど、それを決めるのは、すず絵自身なのだ。

このひとと決めて結婚した相手に酷《ひど》い仕打ちを受け、彼女は傷ついているはずである。新たな相手と結ばれるなんて、簡単には決心がつかないだろう。

仮に、少しでも心を傾けてくれたのであれば、時間をかけて愛を育んでいきたい。焦っては駄目だと、雅史は自らに言い聞かせた。

五分近くも泣いて、ようやく落ち着いたらしい。すず絵がそっと身を剥がす。涙で濡れた目許が痛々しかった。

「すみません……みっともないところをお見せして」

声を詰まらせ気味に謝った彼女に、雅史は朗らかに告げた。

「洗濯物が乾いたら、あとで買い物に行きましょう」

「え？」

「夕飯の買い物です。買い置きの食材が、ほとんどないもので」

この提案に、すず絵は頬を緩めて「はい」と返答した。


アパートのほうには行かないほうがいいと、ふたりは反対方向にあるスーパーに向かった。少し距離はあったが、歩くのに支障はない。

「泊めていただくんですから、わたしがお料理しますね」

すず絵の申し出を、雅史はありがたく受けることにした。そのほうが、彼女も気が楽であろうから。

「何か食べたいものはありますか？」

「いや、特には。好き嫌いはないので、お任せします」

「わかりました。ええと、それじゃ——あ、ブロッコリーが安いですね」

すず絵は買い物上手だった。お買い得の食材を見つけると、そこからメニューを考え、必要なものも見切り品を上手に選んで揃える。スーパーに来ても肉や野菜を適当に購入し、冷蔵庫に入れて結局使わないまま無駄にすることもある雅史は、感心することしきりであった。

（いい奥さんじゃないか）

なのに大切にしないどころか、別れたあとも苦しませるなんて。元旦那は最低の男だと心から思う。

買い物を済ませて家に帰ると、すず絵はさっそくカウンターキッチンで料理に取りかかった。そちらも手際がよく、使った調理器具はすぐに洗うなどして、周りも片付けているようだった。あとで見たら流し台や調理台、ガス台もピカピカになっていた。

（こういうのって、あいつとの生活じゃほとんどなかったな……）

リビングで仕事をし、ときおり彼女のほうを見ながら、元妻との生活を思い出す。この家を買ったあとも、キッチンで料理をしたことなど、数えるほどしかなかったのではないか。

「さ、できましたよ」

呼ばれて食卓に行くと、手料理が何品も並んでいた。

「あー、美味しそうですね」

「お口に合うかどうか、わかりませんけど」

すず絵が照れくさそうに口許をほころばせる。

ふたりは缶ビールを飲み、食事をしながら語らった。子供時代の話なども出て、彼女の年齢が三十一歳だとわかった。初対面のときの、三十路前後という見立ては当たっていたのだ。

かくして、一緒に過ごすのが初めてとは思えないほどに打ち解け合い、楽しく充実したひとときを過ごしたのである。

3

シャワー浴び終えたすず絵を、雅史は二階の寝室へ案内した。

彼女は寝間着代わりにと貸したスウェットを着ている。ねずみ色の野暮ったい装いなのに、妙に色っぽい。洗い立ての湿った髪から漂う、シャンプーの香りのせいなのだろうか。

「今夜は、こちらで寝てください」

ダブルベッドを勧めると、すず絵は戸惑いを浮かべた。

「あの、小暮さんは？」

「おれはリビングのソファーで寝ますから」

「それでは申し訳ないです」

「いいえ。おれはいつも仕事をしながら、ソファーで寝ちゃうんです。ベッドを使うことのほうが少ないんですよ」

それは気を遣わせないための嘘ではなく、事実であった。彼女を泊めると決めたときから、そうするつもりでいたのである。

ところが、すず絵は納得し難いふうに唇をへの字にする。

(自分だけベッドだと、悪いと思ってるんだな)

とは言え、他に寝具はなかった。

「……小暮さんは、わたしを守るとおっしゃいましたよね?」

絞り出すように問われて、雅史はたじろいだ。

「い、言いましたけど」

「でしたら、ちゃんと守ってくださらないと困ります」

「へ?」

「わたし、ひとりだと不安で寝られません」

要するに、元夫に急襲されたときに対処してもらえるよう、一緒に寝てくれというこ となのか。

「い、いや、ちゃんと戸締まりをするから大丈夫ですよ」

うろたえつつ執り成すと、すず絵は目を潤ませ、縋る眼差しを向けた。

「……わたしだって女なんですよ。恥をかかせないでください」

思いつめた面差しで告げ、彼女がいきなりスウェットの上を脱ぐ。下には何も着けておらず、手に余りそうな乳房がいきなり現れたものだから、雅史は度肝を抜かれた。

（え、ブラジャーは？）

下着の替えなど持ってきていないし、シャワーのときに手洗いして、浴室にでも干してあるのか。だとすると、下半身も？

そして、すず絵はスウェットパンツも無造作に脱ぎおろした。

（ああ、やっぱり……）

そちらもパンティを穿いておらず、一糸まとわぬ全裸となる。

着衣ではスリムに感じられたが、着痩せするタイプらしい。出るところの出たメリハリのあるプロポーションは、成熟した女らしさが匂い立つようだ。

あまりのことに立ち尽くす雅史を尻目に、彼女はベッドに入った。薄手の掛け布団で、今さら裸身を隠すと、

「……小暮さんも脱いでください」

真剣な目でお願いする。

（もしかしたら、タダで世話になるのは悪いから、からだでお礼をするってことなんだろうか）

突然こんなことを始めた理由を、雅史は推察した。しかし、本人に確認はでき

ない。それが失礼な詮索《せんさく》であることぐらいわかっていた。

ためらいはあったものの、他に為す術はない。何より、ここまでした彼女に、本人が言ったとおり恥をかかせるわけにはいかなかった。

すず絵の前にシャワーを浴びて、雅史もTシャツに短パンという軽装になっていた。それらはすぐに脱げたものの、最後の一枚をどうするか躊躇する。

（ええい、すず絵さんは全部脱いだんだぞ）

男なら覚悟を決めろと、ブリーフに手をかける。胸の内で（えい）と声をかけ、一気に腰から剝き下ろした。

その瞬間、掛け布団から顔を出していたすず絵が、牡のシンボルにチラッと視線を走らせる。すぐに顔をそむけ、耳を赤く染めた。

彼女は三十一歳で、しかも結婚していたのである。男性器など見慣れていても、初めて肌を晒す相手であり、やはり恥ずかしいのだろう。

魅惑のヌードを目の当たりにしたあとでも、ペニスは平常状態であった。急な展開についていけなかったのと、多少なりとも緊張していたためだ。

「し、失礼します」

裸体を晒しているのが居たたまれなく、ベッドに歩み寄る。掛け布団をそっとめくり、中に身をすべり込ませた。

ダブルベッドだから、両端に寄れば密着しないで済む。けれど、最初からそうするつもりなら、わざわざ裸になどならなかったはずだ。

事実、すず絵は雅史に縋りつき、手足を絡めてきた。

「抱いてください……」

思いを込めたお願いに、雅史は直感した。彼女は単にお礼のつもりで、からだを与えるわけではないのだと。

『わたしだって女なんですよ――』

肌のぬくみと柔らかさを感じるなり、さっきの言葉が蘇る。あれは本心が溢れたものなのだ。

(すず絵さん、誰かに抱きしめてほしかったんだな)

寂しさやつらさを、ひとりで抱え込んでいたのである。誰かに縋りたくてもできなくて、心が折れそうになっていたに違いない。

そんなときに巡り合った男に、すべてを委《ゆだ》ねたくなるのは自然なことだ。

雅史はすず絵を守ると言ったが、ただの正義感から口にしたわけではない。魅力を感じ、ひとりの男として興味を持ったのは事実ながら、恩を売って我が物にしようなんて打算もなかった。

純粋に、彼女と心を通い合わせたかったのである。

「すず絵さん――」

名前を呼び、抱きしめる。情愛がふくれあがると同時に、牡のシンボルに血流が殺到した。

唇を重ねると、歯を磨いたあとの清涼な吐息が流れ込んでくる。それは程なく、彼女自身のかぐわしさに取って代わった。

「ン……んふ」

小鼻をふくらませ、懸命に唇を貪《むさぼ》るのがいじらしい。舌を与え、唾液を交換することで、ふたりの体温が上がってくる。

くちづけを交わしながら、互いの肌をまさぐり合う。手を下降させ、ふっくらしたおしりを揉み撫でると、すず絵が切なげに呻いた。

（ああ、可愛い）

愛しくてたまらない。

彼女の手が、ふたりのあいだに入る。雄々しく脈打つ肉器官に、しなやかな指が巻きついた。

「むぅ」

快さが広がり、目がくらむ。指とペニスが溶け合うようで、こんなにも気持ちがいい手は初めてかもしれない。

息が続かなくなり、雅史は唇をはずした。

「よかった……」

すず絵が目を潤ませてつぶやく。

「え？」

「わたしで大きくなってくださったんですね」

女として認められたことが嬉しいのだ。

「すず絵さんはとても魅力的です。なんだか夢みたいです」

「わたしも……男のひとと抱き合うのがこんなに気持ちいいんだって、初めて知った気がします」

それはさすがに大袈裟《おおげさ》すぎると思ったものの、真っ直ぐな瞳は嘘をついていなかった。

秘茎を握った手がそろそろと動く。遠慮がちな動きが、次第にリズミカルになった。

「ああ、あ、ううう」

高まる悦びで、背すじがゾクゾクする。言葉を交わしたのは今日が二度目なのに、早くもこんなことになるなんて。

圭衣子とだって、再会した日にセックスをしたのである。だが、彼女は人妻であり、ひとときの戯れでしかないという諦めもあった。

けれど、今は違う。ふたりの関係は、ここから始まるのだと信じられた。

雅史もヒップを愛撫した手を前に回し、秘め園をまさぐった。

(ああ、こんなに)

縮れ毛に囲まれた窪地は、粘っこい蜜を溜めていた。指先が溺れるほど、早くもしとどになっていたのである。

(おれと抱き合って、ここまで濡れてくれたんだ)

昂奮状態の男根に安堵した、すず絵の心境が理解できる。お互いの気持ちが一緒だとわかって、いっそう大胆になれる心持ちがした。

「くうう」

敏感なところを指でほじられ、彼女が腰を震わせる。ストレートな反応に煽られて、雅史はからだの位置を下げた。

豊かな盛りあがりを保った乳房は、乳頭の赤みが強い。突起は小さめだ。いかにも美味しそうで、口をつけずにいられない。

雅史は迷わず、欲求に従った。

「あふン」

唇で乳首を挟むと、すず絵が喘ぐ。舌ではじくようにすると、胸元を震わせた。

「ああ、いやぁ」

呼吸をはずませ、身をよじる。牡の股間が遠くなったため、屹立からはずれた手を、雅史の後頭部に添えた。

まるで、もっと感じさせてとせがむみたいに。

無言のリクエストに応えて、雅史は突起を吸いねぶった。空いている方も、指で摘まんで転がす。

「あ、あひっ、いいい」

よがり声が大きくなる。女体がくねり、ふたりの上から掛け布団がずり落ちた。けれど、火照った裸身を重ねていたから、少しも寒くない。

硬くなって存在感を増した乳首を、左右とも念入りに味わう。ほのかに甘く、母乳が出ているわけでもないのに、ミルクのような風味もあった。あるいはボデイソープで洗った名残なのか。

乳頭への愛撫だけで感じ入ったか、すず絵がぐったりと手足をのばす。ハァハァと喘ぎ、胸を上下させた。

雅史は頃合いを見て、彼女の下半身へと移動した。

ウエストは細いが、腰回りは女らしく張り出している。太腿もむっちりして、肉づきがよさそうだ。

ヴィーナスの丘には、恥毛が卵形に萌えている。雅史は身を屈め、そこにキスをした。

ピクン——。

下腹が波打つ。唇で叢《くさむら》をかき分け、肌に舌を這わせると、両膝がくすぐったそうにすり合わされた。

「やん、ダメ……」

抗っているようでも、声は弱々しい。このまま進めても大丈夫だろう。

閉じられていた太腿のあいだに手を入れる。乱暴にならないよう、そろそろと離すと、秘められていたところが徐々に現れた。

ところが、あるところまでいくと、それ以上開かなくなる。最後まで許すつもりでいるようながら、やはり性器を見られるのは恥ずかしいのか。

仕方なく、恥割れがわずかに覗いた状態で、その部分にくちづける。

「ウン」

すず絵が呻き、わずかにヒップを浮かせた。

シャワーのあとで、彼女本来のかぐわしさは残っていない。それがもの足りなかったものの、かえってよかったとも言える。それこそ洗っていない状態で、嬉々《きき》として嗅ぎまくったら、一発で嫌われる恐れがあった。

いずれは生々しい匂いを知る機会もあるだろう。楽しみは先に取っておくことにして、届くところまで舌をのばす。

「あん……いやぁ」

窪みを軽く舐めると、腰が左右に揺れる。舌先に粘っこい蜜が絡みついた。

(感じてるのかな?)

敏感な花の芽が隠れているところを攻めると、息づかいがはずみだす。「あ、あ」と小さな声が洩れた。

いくらかでも快感があったのか、両脚から力が抜ける。大きく開かせても、もはや抵抗しなかった。

おかげで、神秘の苑の全景を捉えられる。

ぷっくりした陰部は、肌の色がややくすんでいる。合わせ目からはみ出した肉厚の花びらが、左右で異なる形状を見せているのが、やけにリアルでいやらしい。

その狭間から、透明な愛液が今にも滴りそうになっていた。

「見ないで……恥ずかしいです」

すず絵が泣きそうな声で訴える。酷い仕打ちをしているようで、胸が痛んだ。

それでも、衝きあげる欲求には抗えなかった。

「あひッ」

鋭い悲鳴がほとばしる。雅史がもうひとつの唇にくちづけたのだ。

「い、イヤ、ダメぇ」

すず絵が腰をよじるものの、抵抗は弱々しい。助けてもらった立場ゆえ、強く出られないのだろうか。

もちろん、弱みにつけ込むつもりなどない。だが、今は何をしても、心から受け容れられた気がしなかった。

（焦る必要はないんだ）

人妻たちや、ずっと年下の若い娘と異なり、彼女とはこれから関係を構築していくのである。急がずに、じっくり進んでいけばいい。

こぼれそうな蜜をチュッと吸ってから、雅史は最初に抱き合った位置に戻った。

快感などほとんど与えられなかったのに、すず絵は息をはずませていた。目に涙が溜まっている。

「すず絵さんのアソコ、とても素敵でした」

褒めると、今にも泣きそうに顔を歪めた。

「そ、そんなところが素敵なわけありません」

反論を絞り出し、クスンと鼻をすする。恥じらいのしぐさは、少女のような愛らしさがあった。

「すず絵さんのからだは、どこもかしこも素敵です」

言い直して、キスをする。彼女が最初から強く吸い、唇をペロペロと舐め回したのは、恥芯に触れたところを清めようとしてだったのかもしれない。

くちづけのあと、すず絵の目許は色っぽく赤らんでいた。秘所を見られ、口もつけられて恥ずかしかったのは確かながら、おかげで吹っ切れて、大胆になれたのではないか。

「今度はわたしの番ですよ」

雅史を仰向けにさせ、美女が身を起こす。牡のシンボルを握ると、

「脚を開いてください」

丁寧な言葉遣いで命じた。

さっきは同じ格好をさせた手前、拒めない。やむなく従うと、彼女が脚のあいだに移動して膝をついた。

「すごいわ……」

身を屈め、手にした肉茎をまじまじと観察する。

（ああ、そんな――）

頬が熱く火照る。ここ最近でも、他に三人もの女性に見られたのに、最も居たたまれなかった。すず絵がやけに真剣な面差しだったからだ。

「べつに珍しいものじゃないでしょう」

声をかけると、彼女がこちらをチラッと見る。首を小さく横に振り、

「小暮さんの、とっても逞《たくま》しくて、見飽きないんです」

などと言う。さっき、秘園を素敵だと褒められたお返しなのか。

そして、筋張った肉胴に舌を這わせる。根元からくびれにかけて、舌を強く押し当ててねろりと。

「むふっ」

太い鼻息がこぼれる。ぞわぞわする悦びが全身に行き渡った。

下から上へ、すず絵は何度も舐め上げる。舌を左右に細かく振れさせ、快い刺激を与えながら。

「す、すず絵さん」

たまらず名前を呼ぶと、頭の位置が下がった。今度は陰嚢《いんのう》にキスを浴びせ、味わうようにねちっこく舐めたのである。

いくらシャワーを浴びたあとでも、そんなところに口をつけられるのは心苦しい。縮れ毛にまみれたシワ袋は、洗ってあっても清潔さと無縁だからだ。

なのに、彼女は少しも厭うことなく、嚢袋を口に含むことまでした。中のタマを吸い転がし、背徳感の著しい愉悦をもたらす。

おかげで、肉根が幾度もビクビクと脈打つ。鈴割れから透明な汁が滴り、下腹とのあいだに粘っこい糸を何本も繋げた。

牡の急所を唾液で濡らすと、すず絵が強ばりを上向きにする。真上から顔を伏せ、紅潮してはち切れそうな亀頭を口内に迎えた。

ちゅぱッ——。

舌鼓を打たれるなり、電撃が股間と脳のあいだを駆け抜ける。

「くはッ」

雅史はのけ反り、裸身をガクガクと波打たせた。

三十一歳の元人妻は、舌づかいが丹念だった。丸い頭部をてろてろとねぶり、匂いや垢の溜まりやすいくびれ部分も、尖らせた舌先で磨く。くすぐったさを強烈にした快感に、雅史は「ああ、ああ」と声をあげどおしだった。

（これ、気持ちよすぎる）

しゃぶり方が巧みというばかりではない。愛情というか、いっそ慈しみが込められた奉仕だ。それゆえ、身を委ねて甘えたい心地にもなった。

とは言え、このまま続けられたら、彼女の口の中で果ててしまう。

「も、もういいですから」

呼吸を荒ぶらせてお願いすると、フェラチオがストップする。すず絵も、射精させるまで続けるつもりはなかったようだ。

濡れた口許を手の甲で拭い、戻ってきた彼女を抱きしめる。ところが、くちづけをしようとすると、顔をそむけて拒んだ。ペニスをしゃぶったあとだから、悪いと思ったらしい。

もちろん、そんなことでキスができないほど、雅史は身勝手ではなかった。強引に唇を奪い、舌も差し入れる。

「ンふぅ」

すず絵は眉間《みけん》のシワを深くしながらも、受け入れてくれた。濃厚なくちづけを交わし、互いの性器をいじり合う。彼女は唾液に濡れた漲り棒をしごき、雅史も濡れ苑を探索した。

(さっきより、熱くなってるぞ)

恥裂からこぼれたラブジュースが、陰部全体をヌルヌルにしている。窪みに指先をめり込ませると、すべってどこまでも入っていきそうだ。

「ふは——」

唇をはずし、すず絵が大きく息をつく。濡れた目で雅史を見つめた。

「おれ、すず絵さんが欲しいです」

真剣に求めると、彼女が無言でうなずく。仰向けになってくれたので、雅史は上になった。

「ここ……」

すず絵が牡の猛りを導いてくれる。穂先が恥割れにこすりつけられ、温かな蜜がたっぷりとまぶされた。

（ああ、いよいよ）

ひとつになれる喜びが、胸に満ちる。

「挿れますよ」

「は、はい」

「おれ、すず絵さんをずっと守りますからね」

決意を伝えると、彼女が目に涙を溜める。感激の面持ちでうなずき、雅史の首に腕を回した。

「わたしに……挿れてください」

耳元に囁かれ、雅史は腰を沈めた。

ぬぬぬぬ——。

肉の槍が狭穴に入り込む。何の引っかかりもなく、スムーズに。

「あはぁっ！」

すず絵がのけ反り、裸身をヒクヒクとわななかせた。

膣内は輪っか状になったヒダが、入り口から奥まで続いていた。それがペニスを締めつけながらこすったものだから、挿入だけで爆発しそうになった。

（く——まだだ）

どうにか堪え、ふたりの陰部がぴたりと重なったところで安堵の息をつく。

「入ったよ」

状態を伝えると、すず絵が何度もうなずいた。

「いっぱい……」

悩ましげに眉をひそめ、意識してか蜜穴をキツくすぼめる。

「おおお」

雅史はたまらずのけ反り、尻を震わせた。

ゆっくり呼吸を整えたのは、余裕を取り戻すためである。直ちに動いたら、昇りつめるのは時間の問題だった。

「すず絵さんの中、温かくて、キツくて、とても気持ちがいい」

感動を真っ直ぐに伝えると、

「やん、言わないで」

彼女が涙目で非難する。自身がどんな具合なのかなんて、聞かされたくないのだろう。

（本当に恥ずかしがり屋なんだな）

和風美女は、見た目そのままに奥ゆかしいようだ。これはもう、洗っていない秘部に口をつけるなんて、至難の業かもしれない。

ならば、そこまで許してもらえるだけの信頼を得るしかない。

（ていうか、けっこう大胆でもあるんだよな）

まさかタマ舐めまでするとは思わなかった。自分が行動する部分においては、タブーなどないのだろうか。

それならば、こちらの要求を受け入れてもらえる望みがある。完全なる堅物というわけではないのだから。

「何を考えているんですか？」

すず絵に声をかけられ、雅史は我に返った。訝《いぶか》る眼差しを向けられ、不埒な考えを見抜かれたようでドキッとする。

「いえ、何も。すず絵さんの中がよすぎるから、すぐにイカないよう気持ちを落ち着けていたんです」

事実を述べて誤魔化すと、彼女がうろたえた。

「そ、そんな」

困り顔で目を泳がせたあと、意を決したふうに見つめてくる。

「そんなこと、気にしなくていいんですよ。我慢できなくなったら、いつでもわたしの中で、その……よくなってください」

献身的な言葉に、雅史は感激した。

「いいんですか?」

「ええ。その代わり――」

すず絵は迷いを浮かべたものの、恥ずかしそうに願いを口にした。

「これからもずっと、わたしといっしょにいてくださいね」

甘える口調で言い、ギュッと抱きついてくる。照れくさかったのか、雅史の首元に顔を埋めた。

(なんて可愛いひとだろう)

雅史も彼女を強く抱きしめた。

「動きますよ」

「……はい」

腰を小刻みに振り、強ばりを出し挿れする。短いストロークでも、分身が甘い痺《しび》れを帯びるほどに快かった。

「あ……あン」

すず絵も喘ぎ、裸身をしなやかにくねらせる。

こぼれる吐息は、女らしくなまめかしい。それを直に味わいたくて、半開きの唇に自分のものを重ねる。

「むふふぅ」

はずむ息づかいを受け止め、舌も絡める。唾液もさっきまでより甘みが増したようだ。

くちづけを交わし、性器でも深く交わる。ピチャピチャと水音を立てるのが絡み合う舌なのか、それともかき回される蜜穴なのか、わからなくなってくるほどの熱情にまみれた。

そのため、腰づかいが荒々しくなる。

「ぷはっ」

くちづけをほどき、深く息をつく。ふたりはじっと見つめ合い、目でも悦びを共有した。

「すず絵さん、すごく気持ちいい」

「わ、わたしも」

「本当に、中でイッてもいいの？」

「ええ」

彼女がしっかりとうなずく。艶っぽく濡れた瞳に、雅史は吸い込まれそうな心地がした。

「おれ、もうすぐだよ」

「わたしも――」

言いかけて、女体がワナワナと震えだす。

「あ、ダメ、イッちゃう」

絶頂の入り口を捉えたらしい。感覚を逃さぬよう、雅史は牡根を気ぜわしく抽送した。

「イヤイヤ、い、イク、イクのぉ」

極まった声が、男のオルガスムスも呼び込む。猛るモノをキュウキュウと締められ、脳が歓喜に蕩けた。

「お、おれも……あああ、で、出る」

「イクッ、イクッ、イクイクイクぅうううっ！」

すず絵が嬌声をほとばしらせ、エンストした車みたいに裸身をはずませる。それをどうにか押さえ込み、雅史は深く突き入れたところで頂上を迎えた。

「おおおっ」

声をあげ、熱い樹液を勢いよく放つ。

「くううッ」

体奥に噴射を浴びた女体が反り返り、痙攣して強ばった。

（ああ、すごく出てる……）

めくるめく歓喜の中、ありったけの精をドクドクと注ぎ込む。これによって新たな命が芽生えることを、雅史は心から願った。

4

翌日、雅史はすず絵と一緒に、あのアパートへ向かった。彼女の荷物を運び出すためである。スーツケースひとつに、衣類など身のまわりのものを詰め込んで、ほとんど身ひとつで入居したとのことだった。

「もしも別れた旦那さんがあそこにいても、おれがちゃんと話をして、二度と関わらないように誓わせますから」

力強く告げたものの、そもそも腕っ節に自信がない。いざ暴力を振るわれたら、どこまで対処できるかわからなかった。

そのときのために、ポップも連れていた。戦力としては頼りないものの、吠えてくれれば向こうも怯《ひる》むはずである。

（最悪、通報すればなんとかなるさ）

基本は話し合いで解決しなければと、頭の中でシミュレーションをする。

アパートが近くなると、すず絵の表情が強ばってきた。昨日見かけたのが元夫だったらどうしようと、不安が募っているのが手に取るようにわかる。

そして、いよいよ建物が視界に入ってきたとき、敷地から現れた人物がいた。

「あ――」

ふたりは同時に声を出し、足を止めた。

「……違います。あのひとじゃありません」

すず絵が教えてくれる。それを聞く前から、彼女につきまとう男ではないと、雅史にもわかった。

なぜなら、ひとりではなくふたりいたからだ。どちらも工務店勤務らしき作業着姿である。取り壊しを担当する業者が、下見に訪れたらしい。

事実、アパートの前まで行き、すず絵が中に入ろうとすると声をかけられた。

「あ、こちらにお住まいの方ですか？」

「はい」

「取り壊しが予定よりも早くなりそうなんですけど、大家さんから連絡はありましたでしょうか」

「いいえ、まだ。だけど、すぐ出られるので大丈夫です」

すず絵が笑顔で雅史を振り返る。

「もう、次の住まいは決まっていますから」

雅史も笑い返し、大きくうなずいた。

「ああ、それならよかった」

作業員が下見に戻る。すず絵が荷物を持ってくるのを待ちながら、雅史は空を仰いだ。

（今日もいい天気だな）

荷物をいったん家において、すず絵と散歩を続けようか。ポップもまだまだ動き足りないとばかりに、その場でうろうろと歩き回っている。

彼女とうまくいったのは、ポップのおかげだ。いや、その前の、圭衣子も亜佐美も立華も、彼が仲を取り持ってくれたようなものである。

（まさに、犬も歩けば、だな）

雅史はひとりうなずいた。

「お前は本当に、キューピッドかもしれないな」

声をかけると、ポップがきょとんとした顔でこちらを見あげる。それから、

「ワンっ！」

どうだと言わんばかりに、ひと声吠えた。

三交社文庫
SEJ-046

犬と暮らせば人妻に当たる

2021年8月15日　第一刷発行

著　者　橘 真児
発行者　岩橋耕助

編　集　株式会社メディアソフト
〒110-0016
東京都台東区台東4-27-5
TEL. 03-5688-3510（代表）　FAX. 03-5688-3512
http://www.media-soft.biz/

発　行　株式会社三交社
〒110-0016
東京都台東区台東4-20-9　大仙柴田ビル2F
TEL. 03-5826-4424　FAX. 03-5826-4425
http://www.sanko-sha.com/

印　刷　中央精版印刷株式会社

装丁・DTP　萩原七唱

ISBN978-4-8155-7546-5